# 佬文青：枉少年

李偉民

# 序

又一年。

動盪、瘟疫，從生命偷走了兩年；很焦心，因小鳥已時日無多。

回看我的過去，恐怕是兩個字「枉費」：枉費規劃生涯的苦心。走錯方向、交錯人、小看人生。失誤和失落，少年頭，白了。

今天，汽車轉線，來得及嗎？

從小到大，除了大學那三、四年，未曾玩過。奇想：可否做壞人、幹壞事、識壞朋友？算罷，數十年的路，都未走歪過，連劈門入屋的勇氣都沒有，還是呆坐小花園，望天，高空萬里有雲，但蓋不滿湛藍；身旁，尚餘一棵仙人掌。

人，存世方式有三種：賺錢後，玩和吃，這是活着為了「性命」的動物，葬靈魂；靜靜享受生命的，行行山、看看書，無欲復無求，快樂和物質無關，這是第二類；我是第三種，「使命」派，深信「天生我材必有用」、「天因著作生才子」，天天努力，歲歲加油，但是，理想，只是永不停站的列車，衝呀衝呀，何年休止？我們因死而生，還是因生而死？年紀大了，更搞不清。

數十年，忙亂在十字路口的安全島東張西望；哼，白活，白活，人不「風流」枉少年。

　　年輕人，皆嚮往自由，憧憬流浪，我卻在27歲，和同學在中環畢打街成立了自己的律師事務所，誰料，那不是工作地方這般簡單，它是塵網，「誤落塵網中，一去三十年」的蜘蛛俠。

　　青春的愛和夢，或沒有將來，但是不枉少年；我的青春日子，卻花在律師行打拼，天光到天黑；睡覺，也見到客戶追着跑；到如今「熟」了，才做夢，香港人愛罵「唔化」。

　　勇氣，要不知天高地厚，它是尋夢的動力，我尋夢的勇氣，全因不甘「枉少年」；數十年過去，只是忙於工作；舊人不再，舊情不綿，舊歡不如夢。失血過多。

　　創作世界，又另一個蜘蛛網，掛在空中，飄飄搖搖。

　　故，久欲，脫塵網。

李偉民<br>2021

# 目錄

第二章
# 人見人

第一章

心談心

# Goodbye My Love，港龍

　　白頭宮女在。1985 年，你在哪裏？

　　2020 年 10 月 21 日星期三，傳來噩耗，有三十五年歷史的「國泰港龍航空」（Cathay Dragon）扛不住，即時停運，一個「香港驕傲」永久消失。看着新聞的一架架港龍飛機，像見到數十年的戰友被活埋，心都碎了！我和港龍度過彼此的黃金歲月，見證了香港「萬丈高樓平地起」的不凡年代；可是，除了高樓，香港為咋漸漸退步。怨在深秋。

　　「國泰港龍」本名「港龍」，是它的乳名，我們朋友之間，亦叫它「港龍」。在 1985 年，由港商曹光彪、包玉剛、霍英東等創立，營運香港和內地的民航運輸。聽說最初只有一架飛機，被取笑為「天上有，地下無」，後來，增至兩架，則稱為「天一半，地一半」。往後日子，機隊逐步擴大，由於它沒有「英資」背景，是港商的刻苦經營，卻成為香港航空史了不起的一頁。

　　在弱肉強食的市場規律下，港龍不敵「國泰航空」（Cathay Pacific），於 2006 年，被國泰全面收購，更於 2016 年，易名為「國泰港龍」，紅色「飛龍」標誌，也改為國泰的「羽毛」品牌。此後，香港的航空界，顯得寂寞。

　　香港的航空公司有「香港快運」、「國泰」和「港龍」。香港快運是廉航，很不喜歡那種「坐巴士」的寡味。去外國，當然支持國泰，每次離開香港多天，在異地，鳥倦知還，還有十多小

時才可飛回香港，但當踏上國泰機艙，彷彿提早降落家園：空中
服務員的廣東話、不同的香港報紙、電影和電視節目，就在眼前；
我舒一口氣：「回家了！」早年，上機後，國泰空姐會派發一條
熱毛巾，沾滿「4711古龍水」的溢香，大家微笑：「香港的味道！」

　　1985年，香港發生甚麼大事？1982年，因為香港回歸的談

判，引發信心危機，港元瘋狂貶值，人們到超市搶糧，港英政府為了穩定民心，在 1983 年實行「港元聯繫美元匯率制度」，香港的經濟終於穩定，人們開始在不穩的政局中尋找進步。許多人（特別是廠家和貿易商）北向「大陸」發展，航空交通的需求相應增加，那時候的國泰只對北京和上海有興趣，其他城市，都沒有開辦航線。這情況下，需求變成商機。在 1985 年，港龍航空正式成立，以香港至國內航線為核心業務；我在 1984 年當律師，此後因工作關係，常常飛往大陸（當時叫「大陸」，不叫內地），我選擇的，必然是港龍，它的飛機，是一條飛龍，抱我去不同地方：南京、杭州、桂林、青島、寧波、廈門、西安、大連……當年，中國仍在改革開放中，社會保守，年輕的我，不能張揚，除了西裝，我換上星辰錶、夢特嬌（Montagut）T袖、Pierre Cardin 的皮帶、Lloyd 皮鞋。

港龍的黃金期，和我是同一步伐的，我怕長獸於一個狹小空間，只有坐上港龍，我的不快會全消；可惜，今天它走了，我也只能「追憶似水年華」：幸福的歲月便是失落的過去。來，和我追尋過去三十五年的港龍回憶。

**①** 美

聽說當年國泰招聘空中服務員，要大學程度，外貌並非重點，而港龍昔日聘用員工，卻注重外貌，於是多美女和俊男，特別是內地員工，更加是「選美」級別，也許空中服務員在八十年代，仍是「筍工」吧。國泰培訓出來的空中小姐，展現「西方式」的禮儀，但是，台灣的中華航空和港龍的空姐，充滿東方女性的溫婉嫻柔；中國的航空公司在那時候，仍沒有「hospitality」這概念，

反而注重保安，服務員多是高頭大馬，似「管理員」多一些，坐在第一排的，還有兩名男保鏢。

**❷ 食**

坐飛機去內地工作，我孤苦伶仃，而做律師的，還要穿西裝、打領帶，如客戶預算有限，只好坐經濟艙，遇上吃得不好，那是不共戴天之仇。八十年代，國內的飛機餐很基本，因為機上沒有焗爐，只能提供冷食。有一次去昆明，飛機餐是一盒紙包果汁、一包醃菜、一隻鹹蛋、一個麵包、兩粒糖果，我非常失落。又有一次，飛桂林，飛機機件有問題，不能起飛，臨時調動另一架沒有準備餐點的飛機接載乘客，精彩了，他們立刻從候機室小賣部買了些杯麵和餅乾，便趕我們上機，隨便程度，真的像一家人。

港龍營運的初期，已有熱盤食物給客人享用，吃得好，令寂寞的空中之旅，變得踏實。有一陣子，國泰為了節儉，竟然給乘客吃「西洋饅頭」，但是港龍無論多困難，總給我們一盤炒飯和炒麵，是雪中送炭的朋友。

**❸ 升**

數十年前，內地沒有那麼多衣冠楚楚的乘客，更多人只穿「共產毛裝」上機，我們這些假洋鬼子，到了辦登機手續時，很容易被港龍「upgrade」去商務艙，開心得泣不成聲。印象中，這方面港龍是最慷慨的。

**❹ 娛**

我坐過那些年的 Aeroflot 去莫斯科，嚇了一跳，空姐的制服像軍裝，那本雜誌，像電話簿般厚，聽說一年才更換一次。內地飛機，不提供精神食糧，沒有電影和雜誌，當然港龍不及國泰，

沒有在機艙的前端掛一塊屏幕，播放「小」電影，雖然他們只提供雜誌，但是對我來說，已是救命恩人，紙張和文字的療癒，像木瓜牛奶，特別是資訊封鎖的日子，被工作困了數天，上機後，立刻有「繁體字」的精美雜誌，心情為之一振。

**⑤ 準**

在八十年代，內地飛機誤點，是司空見慣的，少則等候數小時，多則是明天再來等候，當時的中國民航，簡稱 CAAC，被取笑為「Chinese Airlines Always Cancel」，而港龍是守時的，當其他航班的乘客等了七、八個小時仍未能登機，我們作為港龍的乘客，容光煥發、大模大樣地登機。不過，近年港龍的航班，尤其是短程的，也常常誤點，聽說因為減低成本，他們的飛機像巴士般跑點，有時候 A 點不準時，便延誤了下一站的 B 點。

**⑥ 點**

當年，坐內地的民航去冷門地點，要先飛往大城市如北京和上海，然後落機再轉機，例如去鄭州，便得先飛往北京；由於港龍追求「point to point」（點對點），不斷開發新航線，所以，節省了我們很多時間，飛往小城市開會，再不是一個噩夢。

**⑦ 登**

內地航空公司辦理登機手續的櫃枱，每每塞得水洩不通，例如東航、國航，像個街市，而港龍航空，由於只辦理飛往香港航班的手續，乘客人數不多，輕鬆容易，完成手續後，立刻去嘆咖啡。

**⑧ 腿**

腿，是大腿和小腿的合稱，當坐下來，這些軀體部位需要伸展，可惜坐飛機的時候，常常伸不直，痛苦不堪；飛機逃生門旁

邊的位置，由於有走廊空間，可以彈出二郎腿，舒服到死，還可進出廁所自如。基於逃生要求，航空公司希望懂得英語的乘客坐這些位置，萬一有意外，可以協助外國乘客逃生。那些年，內地同胞的英語不靈光，結果「香港人」得益，往往派去 emergency exit row seat，欣喜若狂。

**❾ 廁**

過去，內地的服務水平未追上，清潔劑是沒有人工香味，所以中國航空的機艙洗手間，往往有「地拖味」，但是，港龍的洗手間是芬芳的。我的手背皮膚容易乾燥，登上了港龍後，洗手間有潤膚乳，不用自己帶上飛機。今天，我們覺得機艙有古龍水和乳液等，是理所當然的，但是在數十年前，機艙的洗手間，除了廁紙，其他的都一一欠奉，如廁後，走回機艙，總是瀰漫着煙味，因為在八十年代，許多航班是沒有禁煙的。

**❿ 遊**

許多三、四線亞洲城市，如內地的泉州、越南的峴港，雖然吸引，如果不是因為港龍有機直飛，我根本沒有機會去這些地方大開眼界。將來，倘若國泰不能接收港龍的航線，那真叫人彷徨！

今天，內地的航空公司一日千里，有些服務去到世界級，許多舊印象，成為歷史陳蹟。

新冠肺炎襲擊香港，快一年了。香港地方小，港人以往常常飛去其他地方「抖抖氣」，疫情前，我一個月起碼飛一次，現在，大家關在香港。海外的朋友身處一個國家，可以「國內旅遊」，就算是國與國封關，亦玩個不亦樂乎。香港人卻只能小吵小鬧，去去郊外，或住酒店 staycation，大家好想坐飛機，現在坐「牢」

坐到屁股都長出了「抗議」兩個字。

《星島日報》寫道「港龍捱得過沙士經濟倒退，卻頂不住新冠肺炎，一日之間，在航空史中劃上句號」，國泰今次的重組行動，算否「自損三千」？

香港進入了經濟寒冬，庭院深深，有些人仍然以「有樓可收租、有股可收息、有玩具可以網上炒賣」便沾沾自喜。我敬佩曹光彪、包玉剛、霍英東等商人，充滿着大志和堅毅，港龍的機翼，便是他們這些商業偉人的翅膀。

永別了，Dragonair，香港人的集體眼淚回憶。案頭孤單的港龍模型，彷彿發出隆隆的引擎聲。

# 皇都戲院的億萬故事

錢幣有兩面，有人說錢是「萬能」；有人說它「萬惡」，我說：「還有第三面：萬民。」如果花錢，能夠利澤「萬民」，那是光榮和福氣。

在美國，有群「超級富豪」聯盟叫「Patriotic Millionaires」，包括迪士尼的後人 Abigail Disney、美國肉製品公司 Oscar Mayer 的 Chuck Collins，要求政府向他們富貴人家徵收高稅，以減低社會不公義；其中一個說：「就算用稅來歸還社會，我仍然擁有兩架飛機。」另一位說：「私人做善事，和政府多些資源，是完全兩回事！」

已故香港富豪余彭年生前立下遺囑，將超過百億的遺產全數捐作慈善，遺囑獲認證後，法官在庭上感嘆：「遺產官司多是因財反目，今次所有後人都支持余彭年做善事的遺願，凸顯人性好的一面。」余彭年生前說過：「兒孫要是有辦法，你不留錢給他，他依然有辦法；要是他沒有辦法，你留錢給他，反而害了他。」

奧斯卡金像獎電影《上流寄生族》的金句「有錢的話，我也會很善良」；這裏的富豪，盆滿還要缽滿，許多捐獻，只為拿政治好處，或名聲貼金。二十年前，西九文化區的土地曾公開招標，突然跳出一批富豪，信誓旦旦，此生為藝術服務，後來失蹤而去，現實叫人淚崩。

香港的要商當中，鄭志剛（Adrian）是藝術工作者尊敬的少

數，和他認識十多年，看他勞神傷財、認真地推動香港的文化和藝術，提升了社會的品味。身邊有些朋友大惑不解：「Adrian 是完美主義者，這年輕人像『不到黃河心不死』的藝術家，多於錙銖唯利的商人！」容許我大膽推測，只要 Adrian 這藝文壯志堅持下去，跟着再邁進一步，直接投資文藝、創意、經濟產業（creative economy ventures），只需十年八載，他在香港的歷史上，會繼已故邵逸夫爵士（Sir Run Run Shaw）之後，成為香港第二位「文化藝術功臣」，為他的家族，取得榮譽。社會和政府應給他肯定，鼓勵其他企業效法。

大概在 2007 年，我是市區重建局的董事，局方有一個項目在尖沙咀河內道，和地產商新世界發展合作，但要處理項目的商場經營，大家討論後，認為商場要具賣點，那時，香港的藝術發展剛起步，大家思考：「可否把當代藝術館和商場結合？」不過，這般創新的構思，誰有膽量來操盤？同事報告：新世界創辦人鄭裕彤有一個孫兒，叫鄭志剛，從哈佛大學念書回來，他會處理這項挑戰。這便是今天「潮」爆內地和香港的「購物藝術館」，K11 Art Mall 的前傳。

往後，我去了藝術發展局當副主席，和大導演杜琪峯創立了培養電影新一代的「鮮浪潮短片競賽」，正式認識了 Adrian，他支持我倆，捐款給「鮮浪潮」、借出地方給我們……

2013 年，上海淮海中路的 K11 落成，是內地一系列 K11 的首家，也確立了 K11 成為「香港的藝術品牌」的鮮明目標。杜大導和我飛去上海參加典禮，Adrian 請我們聚餐，我們鼓勵 Adrian：「亞洲城市競爭激烈，香港要有人協助文化『軟實力』

輸出，你加油。」

　　此後的鄭志剛，可以用「一日千里」來形容：成立「K11 Art Foundation」藝術基金、重建尖沙咀海旁的新世界中心，成為藝術地標 K11 Musea、重修電影文化的「香港星光大道」、更從政府手裏接建「啟德體育園」，是容納數萬人的表演場地。最新的動作是宣佈把六十多年歷史，位於北角英皇道的皇都戲院（State Theatre）復修保留下來。這戲院由俄羅斯猶太裔商人 Harry Oscar Odell 建於 1952 年，聽説向海方面還有個院子，前稱「璇宮戲院」（Empire Theatre），充滿上海老劇院的魅力。

第一章
心談心

回頭，多少個秋，皇都戲院帶出香港人本土情懷、我的童年往憶。

　　從天后伸延至西灣河的英皇道（King's Road），以前是海岸線，在 1840 年修建後，成了港島東西幹線，而英皇道的皇都戲院現址，據聞從前是塊海邊大石。1940 年代末，二次大戰後，國內時局不穩，上海人南移香港，吃「四方飯」的人，聚居尖沙咀加連威老道一帶；做工業的，集中在土瓜灣，而中上層的「謝謝儂」群居於北角，這區有翠綠的斜坡，還有美麗的海灣，當時他們説「旅居香港」，仍渴望有一天回到上海，可惜，命運不由人。

　　孩童時代，我的姨婆住和富道，對面是發電廠（即今天的城市花園），媽媽探望姨婆後，帶我們經英皇道看看熱鬧，再轉入北角邨（今天的豪宅「海璇」），才乘維港小輪返回九龍。往昔，仍未有海底隧道，港九的交通往來，要靠輪運，港島的三大碼頭在中環、灣仔及北角，故此，北角是重要的樞紐，人流暢旺，而英皇道，綺麗繁華，像九龍的彌敦道，吃喝玩樂和夜總會都有。因為上海人群居北角，鄉里之間可以用「自己話」溝通，不會被歧視，在北角的春秧街，常聽到上海話。而上海的時髦生活也帶到英皇道一帶，理髮店、揚州修腳、西餐廳和上海館子，既多又出色，想起小籠包、粗麵、粢飯；跟着，北角的戲院特別多，有國都戲院、皇都戲院、北角邨對面的國賓戲院、書局街方向則有新都城戲院和新光戲院。

　　很奇怪，皇都戲院常讓我想起 New York 的 Apollo Theater，影像在腦海重疊，莫非前世今生的觸電？皇都戲院外形奇異，屋頂有像恐龍骨般拋物線型桁架，俗稱「拱橋架」，是世界獨一無

二的結構元件，而外牆有一幅名藝術家梅與天的浮雕，叫「蟬迷董卓」，講東漢絕色美女貂蟬如何勾引奸臣董卓；此外，皇都有別於一般「戲院」，其他只會放映電影或公演廣東大戲，但是皇都更像紐約的優雅劇院。在 1962 年，中環大會堂還沒有落成之前，英國人的古典音樂會常在中環 Hong Kong Club（香港會）舉行，而中國人的音樂會則在銅鑼灣加路連山道的孔聖堂（在三十年代啟用）和璇宮戲院進行，故此，皇都戲院的表演歷史是輝煌的。我的童年，日本松竹歌舞團、鄧麗君、麥炳榮和鳳凰女的大龍鳳劇團，都在皇都戲院公演過，這殿堂在香港文化和藝術的往昔，享有不尋常的地位。

新世界的朋友帶我走入目前頹垣敗瓦的皇都戲院看看，牆壁剝落，還有異味，好像探險；它於 1997 年結業，大部份座位被拆掉，改裝成桌球室，我打開一些牆板看看，大叫：「原來後台的吊架仍在！還有，許多後排的座位還靜靜守候，宛若仍有演出！」跟着，參觀了寫字樓，簿記文案留了下來，如果逐份查看，一幕幕美麗的歷史會重現。對，這戲院的豪華自動電扶梯獨守空幃，驕傲地細訴徐娘未老。

Adrian 告訴大家：「我會盡一切努力，令皇都戲院重生，讓這座古蹟重拾生命力，成為香港下一代的文化綠洲。」

我去過皇都看過幾次電影，戲院內部則沒有難忘的地方，缺乏西營盤太平戲院的氣魄，亦沒有銅鑼灣利舞臺戲院的瑰麗，最難忘的，是它門口攤販的小食，那一檔檔小食「車仔」，圍着戲院的入口，有焓花生、烤魷魚、滷水鴨腎、炒栗子等，「百鳥歸巢」，已經飽飽。這次重臨皇都，已面目全非，但是驀然抬首，

看到戲院門口的圓環古典簷牆仍在，往昔的電車的叮叮聲及炭爐的啪啦響湧入腦海，可惜家裏的上一代都走了；聽到小販在叫賣：「入場即食！」那時候，零食是用「雞皮紙袋」裝着的，放些竹籤入袋，我們拿走，進入戲院，一面看、一面吃。

談到皇都戲院，不能不提著名的藝術導演楊凡：他在威尼斯影展得獎的電影《繼園台七號》（*No.7 Cherry Lane*），講一對住在北角的外省母女，遇上一位年輕英俊的補習老師，他是香港大學生，三人陷入了不倫之戀。電影背景便是六十年代的北角，當然少不了皇都戲院，男主角邀約中年的虞太太去皇都看悲情電影《金屋淚》（*Room at the Top*），暗傳愛慕。影片是楊凡的「追憶似水年華」，而皇都戲院被楊凡以「意識流」的動漫手法呈現；如將來皇都重新開幕，這部電影要作為頭炮。

Adrian 為了重現皇都戲院，邀請世界和本地的一流建築師、保育專家、文化前輩，坐下來，商討戲院的將來定位，他更查出了當年皇都戲院的美國座椅供應商是誰，立刻飛往當地，研究如何翻做這些「古董」。Adrian 有三件事情，叫我驚羨：首先，他哪裏來的精力，可以一天到晚開會，然後為了工作，像鳥兒般飛東飛西；跟着，他的勇氣從哪裏來，承擔一件又一件大型的文化建造，花費龐大，過程堅苦；最後，便是他的驚人執着，凡事追求最完美，如不理想的，Adrian 我行我素，寧願重新再來。聽說因為他的高要求，已有一班房產「剛粉」追捧。

Adrian 大概 40 歲，起碼可以活到 2070，還有數十年為香港打拼文藝成就。目前，感覺到鄭志剛是以「建造為基礎、商業為活計、文化藝術為成果」的策略，推動三頭馬車，方向充滿大志；

我們文化藝術界，很希望 Adrian 在這第一階段喘定後，邁進第二階段：直接投資文化、藝術、創意產業，發動精神文明企業化，這是香港目前最缺乏的，也是年輕人所最急切的：如何通過上述「軟實力」產業，一方面為香港找到新經濟動力，另一方面讓年輕人看到曙光。所謂「產業」，不能只單靠「內銷」，最後還要「出口」，進佔世界的市場。

談到文化、藝術、創意產業，許多香港富商的反應頗吝嗇：「高風險、低回報」，另外的反應是「實心竹子吹火：一竅不通」，有些更坦白說「輕鬆收租好過日」。唉，香港的沒落，便是因為太多「密底算盤」的上岸之人，奈何！

在文藝創作方面，香港追不上五彩繽紛的 Paris，但起碼要像獨樹一格的 Milan，否則，只停留在金融中心 Frankfurt 的地步。

# 致敬：七十年代車仔和攤檔小吃

兒時小食，如斑斕的調色盤，又是壓抑的釋放。零食，偷吃別人的，特別美味。

時為 1977 年，劉德華和梁朝偉仍是學生的年代，難找半間超市，賣零食的店，叫「士多」（store），還有樓梯底汽水糖果檔、路邊小販、熟食「手推車」。

九龍塘翠綠牛津道的後巷，數十檔的手推車，他們十一時來，中午後消失，賣的東西可多：糯米飯、生菜魚肉湯、炸蘿蔔油糍、滷水牛雜、炸番薯、炭燒魷魚、碗仔翅、「車仔麵」、魚蛋、燒賣、煎釀三寶、冷糕、麥芽糖、砂糖西多士、格仔餅、紅豆冰、涼粉、缽仔糕、白糖糕、豆腐花、「紅黑」（紅豆沙和芝麻糊糖水）……還有消失中的潮汕美食，叫「糖葱餅」：用麥芽糖打成一排的脆糖，撒上椰絲、芝麻、碎花生，然後用薄薄的粉皮包着，像一朵白雲。

這條「食街」，服務附近十多間學校：銀禧中學、瑪利諾學校、喇沙書院、培聖中學、黃笏南中學……還有一家已結業私校，叫模範英文中學。最難忘是英華書院後面，有一位叔叔，把豪宅的停車間，改裝為「德記士多」，中午賣不同種類的 buns，夾上煎蛋、火腿。德嬸聲浪，像原子粒收音機。

美食可以短暫錯過，愛，不能永久失落；各校的少男少女，午飯時，到後巷尋覓情人。驕陽下，街角的她吃着咖喱豬皮，你

急忙跑到火石道，心猿意馬，她卻走向另一男孩，躲往石階咬「雞蛋仔」。我校有一個貌似年青三船敏郎的「校草」，像英國小紳士，他走到那一檔小食，便擠滿小妹妹。上帝，對我們這些「凡桃俗李」，從未公平。

粵劇一哥龍貫天，不用演《粵劇特朗普》，他請我喝酒。某天，帶我去中環嘉咸街新開的「Ma... and The Seeds of Life」，西洋齋菜店，奉上人參、玉桂等中藥浸泡的五加皮酒cocktail，叫「Old Fashioned」，香味濃郁。龍兄嘆吁：「上環一帶，從前很多酒莊：蛇酒、天然純釀糯米酒、陳年肥豬肉浸出來的『玉冰燒』、用鮮玫瑰花造的『玫瑰露』，全都結業了！」他抽刀斷水，舉杯喝盡。我搖頭：「小時候，父親泡過『老鼠酒』，把粉紅色的初生老鼠，放入米酒，很珍貴的。日本人，把米酒瓶弄成藍白色，改了動人名字叫『上善如水』，賣 100 元；去惠康超市，『九江米酒』卻10 元一瓶。香港人缺乏文化去美化『老』東西，一個『老』字，就死不足惜。」

我們盲目地崇洋。走進當紅的日本貨倉店 Don Don Donki，大家搶東洋零食，並不便宜，只是麵粉、糖份、人造魚肉。最近，韓國次級零食，也捧為上品。出賣民族吃的尊嚴。

小時候，港人負擔不起西洋零食，「薯片」是不存在的名詞。要吃烘焙薄脆，只能吃「嘉頓雞片」或「太平梳打餅」。親友從澳門回來，帶來豬油糕、「鼻屎」（陳皮柑桔粒）、杏仁餅、北杏做的「王母蟠桃」；今天，誰會掛念這些「老餅」？

台灣零食也薄命，鳳梨酥太甜、綠豆酥易碎、老天祿鴨舌太麻煩，尚有脆「肉紙」，但價錢太貴。蔣宋美齡愛吃紅豆鬆糕，

可惜，冷了便不好吃。告訴你：最美味的台灣小點，沒有太多香港人知道，叫「俄羅斯軟糖」，「明星西點」品牌最好：四十年代，由跟隨國民黨來台的俄國貴族創立，蔣經國的俄裔太太愛死；它像蛋白「棉花糖」。唉，新東陽和黑橋牌的香港分店早已結業。六十年代，太子道還有一家「台灣民生物產」。

「若負平生志」的，還有當年的中國零食，怎樣打廣告，都沒有市場。曾經出現過紙包裝的「花生酥糖」，現在已失蹤了。經久不衰的，是上海「大白兔奶糖」：我小學時上堂無聊，在課本仿畫那隻耳朵特長的小白兔。純真已消逝。

看雜誌，歌星鄭秀文說可以吃薯片當晚飯；突然想起我的另類「小吃晚餐」：念中學，騙媽媽在學校排戲，其實偷偷溜去新蒲崗看電影，伍華中學對面的麗宮戲院，專播次輪西片，票價大概一元，最愛看初戀的電影《兩小無猜》（Melody）。戲院前面有許多小食檔，我的晚餐只花幾毛錢，一杯鮮榨蔗汁，淡黃色的，還有蝦子扎蹄，那鹹香，媲美黑松露。另一類晚餐，在數年前吧，我去東區 California Fitness 做運動，附近有位老人家賣茶葉蛋，為了支持他，我買茶葉蛋作晚餐，有羅漢果味道；後來 California 倒閉，老檔還在嗎？

「小販」，當然帶來衛生問題，但是熟食攤檔，既是一種豐饒的生活文化，更是大家美麗的「集體回憶」；由於小販不用「交貴租」，他們放膽創作出各樣的精彩美食，豐富了香港飲食的淵博。對於貧者來說，路邊攤又減低他們食物的開支；窮人，更多了一條販賣謀生之路。我朋友的家人，今天都是醫生，數十年前，他們的父親在北河街賣零食，養活一家。

　　現在，小朋友沒有我們輩的幸福，因為現代小食，多是騙人的包裝、機器製造、毫不新鮮，而且加添化學素劑，吃壞人；售賣的地方在超市，不像當年，路邊賣，路邊吃，涼風穿入嘴巴，當吃「糖炒栗子」，特別甜。六、七、八十年代，大街小巷都是手作小食，如港姐選美，爭妍鬥麗。現在的人很可憐，再不可以在街頭熱烘烘地圍在一起，分享小吃，只能做「獨狼」躲在家，對着電視，塞薯片入口。香港傳統小食，像火燒般消失，我想替它們留點文字，感謝果腹之恩。

　　回憶中的小食，大概分以下七類：

❶ 父母強迫的

　　爸爸媽媽想子女健康，於是要我們吃一些難吃的東西，最難吞下的叫「花塔餅」，聽說是藥，有杜蟲作用，味道太甜又怪。

第二類是健康「水泡餅」、「光酥餅」和「月光餅」，不甜，孩子覺得「淡茂茂」。現在，月光餅已經完全買不到了。

**② 傳統天然零食**

現在還有人吃的，包括柿餅、蠶豆、納豆和瓜子（分開紅色、黑色、白色）。健康的還有菱角和新鮮青欖，但苦得要命。不健康的叫「涼果」，糖精醃製，現在「優之良品」還有賣，甚麼話梅、檸汁薑、陳皮梅、鹹檸檬等等，他們説對懷孕婦女有益，有「止嘔」作用。此外，大家還記得老餅店的老婆餅、盲公餅、雞仔餅、合桃酥、花占餅、鮑魚酥、香蕉糕、蛋卷等等嗎？上環陳意齋仍有售。

**③ 只是貪玩**

有些零食，毫不好味道，只是「過癮」。記得一種叫「雞蛋大菜糕」，透明的膠凍，來自海藻，放入塑膠雞蛋殼內面，殼色萬紫千紅。另一種叫龍鬚糖，用麥芽糖拉成一條條白絲，像老人的鬚，巧奪天工，但吃到滿嘴都是糯米粉。

有沒有聽過「麵粉公仔」？把甜的麵粉搓成古代人物，穿彩色衣裳，想是染色素。老伯伯很聰明，當時已有 combo，如「八仙過海」系列，希望小朋友多買幾個。另一隻叫「麥芽糖公仔」，黃金色的糖漿，拉成不同的人物，最愛是敦煌仙女，披着飄渺的飛紗，美極了。中秋節時候，餅店把餅皮的材料，拉成一個長餅，放在小竹籠，叫做「豬籠餅」，小朋友玩花燈的時候，會吃餅，還掛上一把古代木「寶劍」。

以上東西並不算好吃，只是好玩。對，還有一種「射槍」，內藏一粒粒難吃死的朱古力豆，我們不是為了吃，只愛開槍打人。人之初，性本惡。

**❹** 為了「飽肚」的

那年代，沒有薯條、漢堡包，要填肚子，便買一些「大件夾抵食」的小吃，主要是穀物類，如鹹豬仔包、上海粢飯、葱油餅、鍋貼、花生糯米卷、大大粒的潮州粉果，沒有肥豬肉的餡，便不夠香。還有芽菜炒米粉及放一大堆甜醬、辣醬、豉油、芝麻的「街邊豬腸粉」，如果吃到些葱花，美妙得連爸爸的名字也忘記！

**❺** 跟從潮流的

難忘當年，流行一種小食，把啫喱打進「吹氣球」，吃的時候，把橡筋口拉開，啫喱會噴出，並不衛生，只是「人吃我追」的玩意。還有，「波子糖」，小小一粒糖波子，內藏着萬花筒的顏色，不吃的時候，攤在地上，小朋友玩「打波子」。

火熱的，是六十年代日本的固力果「百力滋」登陸香港，小朋友發了瘋，節省吃飯的錢，也要跪喊「我要百力滋」！唉，其實它只是麵粉條！留下它的包裝盒，可以砌出一個機械人。

**❻** 另類

有些小食，別人不喜歡，卻如《紅玫瑰與白玫瑰》小說所寫，私喜就如「胸口的硃砂痣」。我獨愛「豬紅粥」和「雞屎藤」；前者是一碗清粥，如腐乳般大小的豬血，載浮載沉，少些膽量，也吞不下。今天，再沒勇氣碰它。後者是一種新界農村食品，叫「茶粿」：雞屎藤是植物，葉子被揉碎後，散發如雞屎的怪味，蒸成糕點，像日本「麻糬」（Mochi），雖然怪怪，但是它的墨綠色，美得像藝術品，朵頤後，還可消腫解毒。最後，還記得老伯用擔挑背着滾燙油鑊的「油炸臭豆腐」？

**❼ 驚嚇的**

童年時，有人賣泰國式的「炸草蜢」。北角區，賣過一種福建小吃叫「土筍凍」，如凍糕，裏面是一條條狀似蚯蚓的「星蟲」。自己吃過的，叫「水甲由」或「和味龍」，有點臘鴨味，在攤檔買到，父母說對腎很好。今天，我們撒些鰹魚粉在飯面，叫「飯素 furikake」；當年，大人喜歡撒「豬油渣」，油腥難聞。小時候，有人賣「鴨仔蛋」，即小鴨的胚胎。洋人也有一種糖，超難吃，如農藥，叫做 liquorice（八角甘草糖），Marks & Spencer 有賣。

兒時小吃，儘管灰飛煙滅，但今天會帶來哭崩長城的回憶，誰不曾是任性愛吃的孩子？大人們常說：「零食無益！」但想想，當小朋友不開心，拿着零食，快樂便回歸。街頭小吃，讓我們了解民族吃的文化；好吃的東西，更牽動千千萬萬小孩子的心，是國民教育的一種。

我有一個朋友，去旅行的時候，酒店房間放滿零食，問她為甚麼？她說：「一個人孤零零在外地，零食如好友，帶來溫暖，送上幸福；睡，也特別甜！」我啼笑皆非，也許，我老了；也許，今天的「化學零食」，再打不動我的心，我只掛念童年的手作美食，人與人的故事，往事如煙。感謝在天上的爸爸媽媽；當天填滿我小肚子的零食，都是他們辛苦賺回來的「血汗錢」。

# 跑馬地百年法式藝術樓「V54」

　　青春在無聊中逝去，就如一場歲月的深雪。相反，年輕又美麗的創意，遇上藝策人的賞識，會渾身玫瑰和海棠，或一幅安納托利亞地毯。

　　發生甚麼奇怪事情？寧靜跑馬地的山村道 54 號，接近百年的歐式大宅，本來高傲而孤單，重門深鎖，竟然在近來，舉辦了一個香港電影的「手繪海報」展覽，主角是年輕藝術家林嘉恒，策展人是鍾家耀。

　　跑馬地，是銅鑼灣後面的一個「倔頭」山谷，原名黃泥涌谷，山上的黃泥水，沿黃泥涌道的位置，經過鵝頸橋的澗道，流出維港。1840 年代，英軍於跑馬地設立軍營，眾多軍人死於傳染病，被速速埋葬，故這區被叫「Happy Valley」，「極樂世界」的意思。1846 年，英國人把黃泥涌的沼地建成馬場，稱為「快活谷馬場」，可是，1918 年，「火燒馬棚」，超過六百人喪生，屍體堆滿亂葬崗。小時候，跑馬地不算是「搶手」的豪宅區，中半山才是，長輩說：「那裏『陰氣』太重，而且，一條路入，一條路出（即黃泥涌道），還看到滿山墳墓！」今天，跑馬地安寧得不像香港，歷史上的街頭騷亂，從來和「她」無關，世界把她淡忘。人頭湧湧的時候，恐怕是當城中名人死於養和醫院，記者擠去採訪。跑馬地的墳場，門口刻了：「今夕吾軀歸故土，他朝君体也相同」。

　　山村道，是跑馬地依山而建的一條小路，由成和道開始，盡

頭是山光道，長 0.5 公里；憂鬱的日安愛躲在街角。某天，得悉 54 號，一座粉白漂亮的法國建築，在屹立近百年後，突然成為「V54 年青藝術家駐留計劃」基地，好奇，查明究竟，因為古宅太神秘，被它迷着了：石階的青苔是戰火的淚痕嗎？露台可有一樹白蘭香？白流蘇曾住在這裏，倚在寒窗，冷看范柳原和美女吻別？閨女有地方躲起來踢毽？裏面果然有一個嬌巧的天井，還有古色古香的中西門窗和長廊，別有一壺天地。歲月從故人腳尖流逝，抱着金沙，由典雅的樓梯滑落，掉在跑馬地墳場，陪伴睡躺在那裏的大少奶，守望着巨宅！

這珍貴的建築，由 1880 年創立的保良局管理。我找了他們能幹的高管 James Mok 問問，他介紹了策展同事鍾家耀（Dennis）和我暢談。Dennis 土生土長，社工系畢業後，2000 年進了新城電台工作，是我從未擦身而過的舊同事，他後來在香港話劇團和城市當代舞蹈團

當行政，喜歡研究老建築，Dennis 的樣子，像俊秀的民初讀書人。

Dennis 爾雅地解釋：「在多番努力後，仍然找不到更多古宅的資料，如讀者想『報料』，找我呀！聽回來的，大概是這樣：在二十年代，有一個曾當軍官的富商，叫何侶俠（Ho Lui Hap），中西混血兒，是他建造這幢大宅。何在四十年代，曾在元朗大棠採錫礦，辦公室在彌敦道。當時中半山的人口已飽和，英政府便發展跑馬地的村落，成為歐式洋房區，這裏看到馬場風景。住進54 號的人，應該是大戶人家，樓高三層，共有十多個房間，後來大宅被『一開為二』，有半座慘被拆掉了，改建高樓，留下來的，便是今天『半壁江山』：有露台、天井、天台、停車間、客飯廳、客房。」我笑：「請時光隧道把我送回這書香門第，讓我當個《家春秋》的高老太爺！」

Dennis 頓頓：「四十年代的世界大戰，把大宅的樓契毀掉，戰後，有兩人登記為業主，一個是 Chong Sing Ching，另一個是 Kwok Hei To，似乎不是一家人，後來他們把大宅割開兩部份業權。1953 年，有一位 Chan Siu Sau Ying（陳蕭秀英）買入 54 號，她一直持有，沒有賣出，可能陳氏一家住在這裏吧；直至 2009 年，保良局前主席梁安琪把它購入，但她沒有搬進，並於 2015 年作出善舉，慷慨借出大宅，推廣社區青年藝術服務，就是這樣，「V54 年青藝術家駐留計劃」自 2016 年起，開始為青年藝術家提供低於市價的短期住宿，透過他們的創作活動，用藝術連繫跑馬地的街坊、吸引香港大眾，藉此推廣「社區藝術」（community art）。我們相信：藝術絕非遙不可及，存活於你的社區！」

我拍掌：「梁小姐這些才是值得社會讚揚的，她作為富人，

願意為社會出一分力,為文化低調做事,好雨知時節,聽不到鑼鼓聲。」

Dennis 有感而發:「香港的歷史,我們年輕的一代,是否任由它過眼雲煙?其實,歷史教育我們:過去的人,是怎樣活過來,他們有甚麼的生命觀、倫理觀、文化、美學,及對香港的貢獻。現在,當老店例如餅舖倒閉,大家爭相在網上説『可惜呀!』,一窩蜂地『打卡』拍照,但是,可否平常多點去關心、支持或發聲,不會因為功利社會的急速發展,將老店、老物、老樹等遺產,通通『殺掉』;更甚的,還有些人説:『老殘,留來幹甚麼?』」

我問 Dennis:「接手經營了這計劃近一年,最感動是甚麼?」他説:「除了使命感,是自己可以為歷史出一分力;另外,便是 human touch(人的觸動)!『V54』帶動藝術家、市民、保良局的同事,有過無數的互動,大家沒有商業動機,春風在輕撫心靈,欣賞着未曾消失的建築。我閉上眼睛,想像一下,這裏的家族以往如何生活;香港人在『搵食』以後,難得以『非物質』讓自己變得更快樂。最近,我們搞了一個『銀色烏托邦——手繪電影海報』展,反應熱烈,藝術家林嘉恒是主角!」

林嘉恒,2014 年畢業,念平面設計,他用青春和熱血,創造出特別的領域:香港古早電影海報的「再生藝術」。靦腆得像少年的他,才氣橫溢,含羞地説:「我媽媽是醫護,她期待我做專業人士,但是,藝術是我的命運。我從小便喜歡畫東西,反而對傳統科目沒有興趣,她於是送我去學素描、水彩,跟着便是油畫和塑膠彩(acrylic paint)。2015 年,我開了一個 Facebook Page,分享我的作品,最初畫人像,但沒有甚麼反應;後來,看

了 Marvel 超級英雄的電影，我畫了 Wonder Woman（神奇女俠），放上網，嚇了一跳，一個晚上竟然有二千多個 clicks，《新假期》雜誌也訪問我。就這樣，可算『一夜成名』，使我下了決心，專攻電影海報；我已放棄 full-time job，努力做好藝術！」

我回應：「用畫來表達電影藝術的，最著名是中文大學畢業的藝術家周俊輝，我仍記得他的畫，周星馳説：『做人如果沒有夢想，跟鹹魚有甚麼分別？』這句話是香港的文化經典。」

嘉恒説：「許多香港電影，是在我出生之前攝製，到了我的童年，香港電影開始衰落，所以，我對香港電影是『回望』的，最『老』的記憶也只是周星馳。我喜歡香港古早電影，它跟小市民的生活，息息相關。電影海報是精華所在，承載了電影的經典。」

我問：「創作過程中，有沒有困難？」嘉恒點頭：「Copyright 的問題。因為電影海報是有版權的，我不能 100% 參照原作，只能夠『二次創作』，根據自己的創意，加加減減，有時候，電影的名字也改掉，或創作一部不存在的電影，雖然好玩，但要『左閃右避』。另外，我畫的是『電腦畫』，這是年輕人喜歡採用的，不用真實的油彩，所以，作品要特別地打印出來！」

Dennis 在旁邊提點，像嘉恒的哥哥：「你沒有提及你的『威水史』？」嘉恒尷尬：「我當然不是為許冠文電影畫海報的『插畫大師』阮大勇，但是，有電影公司找我設計海報，那是陳詠燊導演的港產片《逆流大叔》。」

在這大宅古典的大廳，我轉身，欣賞着漂亮的火爐；Dennis 安靜地沉思，那一刻像電影畫面，Dennis 笑説：「跑馬地的居民渴望有地鐵到來，但又怕失去寧靜。」問 Dennis：「你為何策劃

這個懷舊的展覽？」他滿足地：「還自己一個信念吧！藝術推廣，常用的手段，是把高雅的藝術，如芭蕾舞、水墨畫等『從上至下』，推廣至普羅大眾，可惜，多年來，在香港，嚴肅藝術始終都是一小部份人的 cup of tea，我覺得藝術應該『從下至上』，從 pop culture（普及文化）提煉出來的『精華液』，便是 pop art（通俗藝術）。其實，通俗藝術有何不妥？你看，像今次電影海報展覽，引起大眾的共鳴，不是很好嗎？」

　　和兩位年輕人分手後，感覺很奇異，山村道 54 號像一棵百年的石榕，而兩位藝術界的新苗，像堅強的胡楊樹，插枝在老樹，從舊生命中走出新生機。我心頭的充實，要嘴巴填滿才對勁，於是，步下山坡，不期然哼着《傾城之戀》，在奕蔭街開業四十年的祥興咖啡室坐下，景物依舊，人面全非，看不到梁朝偉光顧的蹤影，我喝過熱鴛鴦，吃了一個酥皮蛋撻，吻別歷史。再走向日落西山，悠然到達建於 1904 年的跑馬地電車總站，跳上車，叮叮叮的車聲，離開這百年小區；心在想：香港島好浪漫，上世紀，薄扶林區是種草飼養乳牛的牧場、掃桿埔大球場曾經是咖啡園，那麼，跑馬地該種甚麼植物呢？絕情是蒲公英！在綠油油的草叢中，沒有痕跡，不消幾天，柔弱的草枝害羞地冒出頭來，愈長愈高，平淡而純潔的白色，管它下雨天滴滴答答，蒲公英溫柔不敗，等候微風，把種子吹到遙遠的地方……這不是剛才兩個藝術男孩所堅持的信念？

　　不言放棄，是生活的痛苦，卻是藝術家解放的幸福；因為大多數人從出生那天，只是倒數死亡；而從事藝術的，卻從死亡般現實，步向永恆的新生命……

# 迷人美麗的往昔尖沙咀

　　最大的滋潤，是分享別人見解；不過，許多人只能道出當下，一雙手能碰到的範圍，我叫這做「點」。再高層次的人，可以說出地球其他情況，我叫它做「面」。面也不困難，多外遊、多上網及看書，便辦到。例如能道出在巴黎，Les Halles food market 變化的人，總比一天到晚就中環街市重建而吵鬧的人更高層次。最具深度的人，可以講出萬事的歷史，我叫那為一條「線」，歷史是深博的，但是認識過去，太重要了。一個人、一個城市、一個民族，它的今天，不是一朝一夕，是光陰的累積。如果不關心香港歷史，這個香港人根本不懂思考。而最可怕的，香港人叫「吹水」，即點、線、面都沒有的「鹹魚」對白。

　　香港眾多區域中，以尖沙咀最豐富美麗：點、線、面都齊全。中環太「上班族」、上環太老舊、灣仔太雜亂、銅鑼灣太多購物、油麻地太龍蛇混雜、旺角太吵鬧。尖沙咀，有着國際級的歷史魅力。

　　「地膽」黃熾昌（Simon Wong）回頭看五、六十年代的尖沙咀，他的黃金期：「當時，中環是政府權力的核心地帶，它是孤島的中央，在還沒有海底隧道的年代，港島的人要北行去九龍、新界以至大陸，多坐船來尖沙咀，故此，尖沙咀才是香港四通八達中央區。1910 年，連接廣州市和香港的『九廣鐵路』建成，終站在尖沙咀，即今天的文化中心，它『帶旺』了整個尖沙咀。」

　　尖沙咀是九龍半島的一個「尖咀」，像鼻子伸延到維多利亞海港，明代《粵大記》已有記載。尖沙咀對中國的歷史很有影響：1839年，英國水手在尖沙咀醉酒鬧事，打死村民林維喜，成為中英鴉片戰爭的導火線之一。尖沙咀為最接近香港島的一個往來點，今天「1881 Heritage」商場所在地，從前是個小山崗，監察維港動靜最有利的位置，所以，英國人在1860年拿走九龍半島後，在那裏設立水警總部。西九至天星碼頭海邊，是長長的石灘，英國人利便貨物從香港西面的水路經珠江河運入大陸，在1886年，於石灘蓋建兩座碼頭及貨倉，叫「九龍倉」。上世紀七十年代，九

龍倉被拆卸，改建了「海洋中心」，然後陸續重建，成為名牌的購物區「海港城」。

當年，外國人在香港的活動範圍有三處：上流社會在中環、軍人水兵在灣仔（比鄰的金鐘是軍事總部）和購物消閒在尖沙咀。那時，尖沙咀有數十家酒店，建築各具迷人風格，外國人以商旅和遊客為主；奢華的半島酒店在 1928 年 12 月落成，趕得及迎接聖誕，其他酒店包括麼地道的帝后酒店（The Empress Hotel）、今天九龍酒店所在地的美輪大酒店（Hotel Merlin）和中間道的國賓酒店（The Ambassador Hotel），它外牆是十多層樓高的馬賽克壁畫，真的不知道在當年，誰人有這個技術處理那般宏偉的藝術工程？還有加拿芬道口的蘭宮酒店（Astor Hotel），非常古雅。從前，人們喜歡用「宮」這個字，在彌敦道和金巴利道交界口的是 Beatles 曾經演出過的樂「宮」戲院。

Simon 的家族，是廣東人，祖先是當官的，清朝已在香港，不是新界的鄉下人。他年青時，是專業樂隊「The Big Rubber Band」的鼓手，表演和出沒的地方，在尖沙咀。Simon 說：「到了五、六十年代，我爺爺在北京道開店，售賣藤器給『鬼佬』遊客，因為西方不出產藤，故此，歐美人士來香港，最喜歡買這些傢具，擺放戶外。我們住在彌敦道的洋樓，只有三層高，每逢過節，家裏從三樓懸吊鞭炮，響至樂道，後來房子被拆建，它位於今天的假日酒店（Holiday Inn）。每年的英女皇壽辰，彌敦道有閱兵儀式，我們小朋友探頭窗外，欣賞到那壯觀場面。家的旁邊有一座兩層高的商場，像圓形廣場，拆建後，便是今天的重慶大廈（名導演王家衛以它為題，拍了一部電影叫《重慶森林》，獲

獎無數），我們對面是一家豪華酒店，叫總統酒店（President Hotel），外國明星來香港，多住在那裏，後來，改名叫凱悅酒店（Hyatt Hotel），現在已消失了，變成 iSQUARE 商場。」

Simon 徘徊在回憶中：「當年尖沙咀，除了彌敦道，最繁榮是北京道和漢口道一帶，因為那處酒店多，遊客人頭湧湧，很多外國人來尖沙咀訂造西裝。漢口道口，有一家叫景聲戲院，後來改名新聲戲院，即今天的 Adidas，專播外國電影，我留下了很多『屁股印』。五、六十年代，尖沙咀是最洋化和時髦的地方，要看外國電影，必定來尖沙咀，其他區域，比較基層，多放映粵語片和國語片；買樂器和古典音樂唱片，也在尖沙咀才找到。大家還記得辰衝圖書店（Swindon Books）嗎？它至今屹立不倒，那年代的中學生，如果買便宜的翻版外國書，去旺角的奶路臣街，但是買正版的，便去 Swindon。我們『新潮』（今天『潮』的意思）青年，特別是『番書仔女』（即念英文中學的），最嚮往去尖沙咀。在尖沙咀工作的人，很多是酒店員工，他們樣子出色，而且，在街上懂英文的人，多的是。我們不會過『界』，超越佐敦道，跨區去油麻地、旺角活動，因為那裏多市井和說髒話的人，這些區域是另外一個世界。」

現在的有錢人未必蹓躂平民區，相反，普羅大眾去中環、尖沙咀已是一件平常事。我問 Simon：「當年，尖沙咀的分佈情況是怎樣？」

Simon 答道：「我們的東區，即漆咸道，在九廣鐵路旁邊，非常靜寂，沒有人流，有的只是貿易公司和酸枝傢具店。那時，尖東區、新世界中心（即今天的 K11 MUSEA）還沒有出現；而喜

來登的前址，只是一塊空地，每年的「香港工展會」還沒有搬去紅磡前（今天紅館的舊址），都在這裏舉行。南面即半島酒店及天星碼頭一帶遊客眾多，是最熱鬧的，那裏還有巴士總站，人們往香港島，都要在碼頭乘搭渡輪；不過，廣東道是貨倉區，雜亂非常，滿街是貨物、苦力和露宿者。西北面因為有九龍公園和天文台山的隔阻，沒有太多人在那裏活動，海防道和山林道多廣東人聚居。至於金馬倫道、柯士甸路、天文台道一帶，是漂亮雅緻甚至有後園的小洋房，近似上海的租界般，住的都是大陸政權易轉後，南來香港的北方和蘇浙城市的有錢人，聽説名人邱德根都住過這裏。加拿芬道和堪富利士道一帶是酒吧街，外國人最喜歡去。」

我回想：「記得麼地道鹿鳴春飯店（Spring Deer Restaurant）斜對面，有一家著名鞋店，名字已忘記，數年前我經過，還在，它售賣外國皮鞋，大熱是美國 Florsheim shoes，許多邵氏的『外省』大明星，都往那裏買鞋。」

Simon 笑着：「那些年，尖沙咀真的像聯合國縮影，有印度人、菲律賓人、上海人、山東人、北京人、寧波人、從澳門移居香港的葡萄牙人、日本人、韓國人。還有白俄羅斯難民，在 1958 年，蘇聯內亂，俄羅斯和車臣（Chechnya）發生民族衝突，有錢的難民逃來香港。」

我答：「看到報道，他們有些住進星光酒店（今九龍酒店旁的彩星中心）和萬誠公寓（在諾士佛台），尖沙咀成了他們的難民社區。」

Simon 回到過去，很開心：「對，當時喝最好的『羅宋湯』

（Borscht），要去尖沙咀，很多家西餐廳，跟俄羅斯人學會了弄羅宋湯，而且很受歡迎，留傳至今。我記得山林道口有一家叫『雄雞餐廳』（Chantecler Restaurant），現在尖沙咀警署對面有『車厘哥夫』（Cherikoff Bakery）。」

我說：「羅宋湯加上軟軟甜甜的熱餐包，中間夾上一塊冰硬的牛油片，美味得要命！」Simon 說：「在康和里，有一家賣正宗英式的 fish and chips，當時，一元半一大紙包，太便宜！」

Simon 補充：「五、六十年代，英國勢力不及美國，香港是英國殖民地，不及美國支援的菲律賓（菲律賓在 1946 年獨立，但是，美國仍在當地保留軍事影響力），當時，馬尼拉是亞洲最現代的大都市，香港只是一個二流城市。」

我說：「對，香港的西化和經濟起飛，應該在七十年代。數十年前，香港還不流行品牌店，海運大廈的天祥（Dowell）（經營模式如馬莎百貨），是第一家巨型品牌店。在五、六十年代，大家擔心香港的政局不穩，沒有大量投資，甚至有些北方的移民，後來搬去台北，因為那裏講『國語』，比較親切。」

Simon 感慨地：「從五、六十年代走到今天，仍然有一批人對香港沒有信心，正如我父親所說：『香港只是別人的一個落腳點。』這中途站的心理，造成香港一個獨特的現象：不斷有滿懷希望的新移民，也不斷有人移居外國，這是香港的常態。我樂隊的好友，現在都身在美、加等地。」

我想起：「對了，演藝界著名的李司棋姐姐也是『尖沙咀人』，她父親從天津來香港，家裏做生意，她說：『當時的尖沙咀很優雅「骨子」，「外省」人特別多，如果要買南貨如火腿、筍乾，

一定要來尖沙咀。我最難忘記是宗維賡攝影大師在尖沙咀的地舖「沙龍照相館」，他櫥窗放滿了美女的黑白巨照，五、六十年代的大明星林黛就是因為照片放在那裏，被製片人發掘，紅透亞洲。』」

有人說：「懷舊是失落的文化鄉愁。」也有人說：「懷舊讓我們更像一個人。」更有人說：「一個地方被緬懷，如同塑造一個神話。」小時候，爸爸曾在柯士甸路的一間貿易公司工作，記得那是一幢粉白色的小洋房，入口有一個小庭園，種滿植物，還放了爸爸的單車。有一次，他叫我下班找他，帶我去買羊毛衣，慶賀我考入大學念法律。星辰移動，小洋房消失了，父親也走了，眼前是一座高樓，兩者在尖沙咀的歷史，都沒有留下痕跡。

在數十年的紅塵中，除了呼吸當下的空氣，你可曾走入尖沙咀，閉上眼睛，想像你回到六十年代，那些美麗的人物事情，就在你身邊移動，喃喃傾訴。你望着櫥窗，突然發覺自己穿了「關刀領」的碎花襯衫，和一條可以掃街的喇叭闊腳褲，然後唱 *Yesterday Once More*。

# 從明愛中心集體跳舞到 YMCA

家長問：「小朋友學甚麼藝術好？」我說：「跳舞吧！」

跳舞好處多：享受美麗音樂、身體在運動、腦袋學習協調、面部在做戲，有些表演，舞蹈員還一起唱歌。見過的舞者，如楊雲濤、梅卓燕、楊浩，走路軒昂，精神飽滿，妒忌死人！

我的一個律師徒弟，她漂亮自信、175cm、喜歡跳舞，成立一間練舞室，不租給別人的時候，美人對着四面鏡子獨舞，曼妙動人。

舞蹈和歌曲是共命鳥，肢體把旋律的靈魂抽現。想像一下：梅艷芳唱 *Careless Whisper* 中文版，「在舞池中通了電，扶着你的肩，瞧着醉人的臉，願意共舞面貼面，指尖有電傳」，你戀愛得道了。

在純真保守的六十年代，年輕人談戀愛，是種甜蜜的折磨，學校和父母都給你打上道德交叉。那年代沒有手機、家裏沒有電話、晚上六時要回家吃飯，約情人見面，盟訂了下次何時何地相見，便不改變，沒有不破的困難，只有不棄的誓言。見面的時候，不會上時鐘酒店。肩碰肩，小情人在公園漫步，談夢想，談如何照顧弟妹。「初夜」，是男女結婚後才交換的禮物。

念中學的男女生，聽話的，一年才有一次機會身體上接觸異性，還得靠學校安排，那便是聖誕節 party：禮堂的燈光比手術室還光亮，枯木不逢春的訓導主任躲在暗角監視，ginger ale 假裝

酒精飲品，肚臍餅躺在桌子，男女生各坐一邊，還穿着校服，學校鼓勵大家跳有身體距離的 mashed potato dance；女孩子皮膚像小雞蛋，不沾半點胭脂，笑的時候，垂下頭來，偷偷盼看，為何男生結實微帶汗香的手掌尚沒有遞到跟前邀舞？ 急死了，*Only You* 的迷人音樂已奏起！

在六十年代有機會念英文中學的，蠻幸運，男生被稱為「書院仔」；很多青年沒有升學，往工廠打工，被稱為「工廠仔」；壞的年輕人叫「爛仔」，遊手好閒的叫「飛仔」。總好過今天的階級觀念，用家庭環境分類，很多人自稱「富二代」，不想被稱為「屋邨仔」（住公共房屋）。我的八十年代，「書院仔」、「工廠仔」等名詞已經消失，很壞的叫「黑社會」；邊緣的，我們叫「葵（kwhy）仔」；只是反叛的，叫「油脂仔」。當年有一部歌舞電影叫《油脂》（*Grease*），男主角 John Travolta 的髮型是厚厚的 slick back（髮蠟把頭髮向後梳，又叫「油脂頭」），後袋放一把長長的膠梳，那裏有鏡子，立即梳頭自憐。

那個年代的「進取」書院仔，會跑去外面的舞會「識女仔」。當然不是有歌星登台的夜總會啦，那時候，沒有甚麼 disco（即「的士夠格」，舞池往往數千呎以上，有華麗幻彩燈光）的大型跳舞場地，太「混雜」的跳舞餐廳（白天吃「港式」西餐，晚上變身小舞場的地方），例如紅寶石餐廳，書院仔又不會去。他們在週末，租一些有禮堂的處所，例如太子道的明愛社區中心、尖沙咀半島酒店旁邊的 YMCA（男青年會）、佐敦覺士道的男童軍會（後來搬了去柯士甸道），這些地方租金便宜，人流不複雜。今天酒店林立，隨便租個宴會廳便可以開跳舞 party，輕而易舉。

　　往時，浪漫沒有和財富扯上關係，那才是真正的美麗。有位前輩告訴我，當年他和女朋友都是窮的，下班後，尖沙咀見面，然後手牽手沿彌敦道信步，個多小時，眼睛在擁吻。累了，買一條冰棒分享，到了深水埗，送她上巴士，贈一記依依不捨的眼神。就是因為這純真的愛，兩人結婚，做了五十六年的夫妻。

　　當時搞跳舞 party，花 200 至 300 元，可以請到一個樂隊，包括樂器和音響，當然，沒有燈光設備，那環境感覺，像我們今天走入社區中心。入場費大概 8 至 10 元一位，通常女孩子免費，每場約三百人。Party 只供應汽水，不會有酒、蛋糕、小食等，有些為了節省成本，乾脆樂隊也不聘用，放些唱片取代。去這些party，都是為了交朋友，大家悉心打扮：男孩子穿非常高領或闊領的窄腰襯衣，通常有三粒袖口鈕，它們不只是塑膠造，甚麼銅、鐵、布、貝物料和款式都有，下身則穿長長的喇叭褲（bell-bottoms）。

女孩子們，保守的，會穿一條直身裙，長度幾乎近膝蓋，而「新潮」的，會穿由英國流行過來的「迷你裙」（miniskirt），女孩子站立時，裙子的底邊不超過垂直的雙手。當然，今天迷你裙的標準，則是臀部勉強被蓋住。

現在年輕人說：「Thank God it's Friday!」可以從星期五晚玩到星期天；但當時的 party，多是星期六的活動。

有一位好友告訴我，六十年代家境貧困，他們住在霉舊的唐樓，一屋有十多伙，走廊都放滿「碌架床」，許多人為了有肉吃，在床邊掛了一個鳥籠，裏面飼養了小雞，在做節日子，便可以殺雞來吃。但是，他們連買飼料的錢都沒有，於是，晚上把小雞放進廚房，推開灶底的柴枝，一大群甲由飛跑來回，成為小雞的晚餐。你看，在那些歲月，有些年輕人過着非人生活，有些卻可以跳舞玩樂。

我和一個六十年代的「書院仔」開玩笑：「你們跳舞，會聽本地跳舞名曲，例如蓓蕾 1966 年的《歡樂今宵》、蕭芳芳 1967 年的《夜總會之歌》、陳寶珠 1968 年的《青春阿哥哥》？」他很疑惑：「我們很少聽『中文歌』，那些是給大眾跳舞的；我們 party 用的，會直接是 The Rolling Stones、The Beatles、Cliff Richard 的歐西歌曲，有時候是香港的『西洋樂隊』，例如 The Lotus、Teddy Robin & The Playboys 等。我們要謝謝 Uncle Ray（郭利民），他從五十年代便擔任電台主持，教曉我們西洋跳舞音樂！」

我的黃金年代是八十年代，那是另一種 party 文化：當時，香港經濟全線起飛，社會開始富裕，電影《週末狂熱》（*Saturday*

*Night Fever*）把跳舞和 clubbing 文化，帶進另一高峰，數千呎的跳舞 disco 如雨後春筍，地方很漂亮，「型男索女」平常處心積慮打扮獨特，到了週末，去 disco 華山論劍，有錢的去 Joyce、Kenzo、Matsuda 買衣服，「手緊」的去尖沙咀百利商業中心買本地「潮牌」。許多年輕人平常不運動，留待五、六兩晚，由十時多起舞（當時的 disco 不會像今天的，人們到了凌晨才施施然抵達），我最愛的飲品是沒有茶的 Long Island Iced Tea，可以連喝三杯。最遺憾是「消夜」的地方不多，許多是殘舊的餐廳，我最怕老鼠，大家只好坐的士去銅鑼灣鵝頸橋的日本料理「友和」，記得他們的招牌湯麵，要一百多元，在當時來説，是昂貴的。

八十年代的年輕人，都是跳舞長大的，流行舞和音樂、電影、時裝都是「休戚相關」，歌星每出一張唱片，都會設計特別舞步，大熱的如麥當娜穿着如雪糕甜筒胸圍所跳的 Vogue Dance，「自摸」身體，樂而不淫，才算好看；Michael Jackson 的 Billie Jean，那機械人的跳舞方式，震驚世界。在 disco，光芒都給了三種人：音樂「騎師」、disco divas 和明星名人，平凡的我們，跌倒在舞池，不會有人扶起。我看過歌星陳百強在 disco 勁舞，好看到不得了，世人以為他只是憂鬱歌星，其實他的「舞功」和張國榮不遑多讓。可惜兩位巨星，和當年的著名 disco 例如 Canton、Hollywood East、Disco Disco、JJ、Hot Gossip、Apollo 18、Manhattan、Talk of The Town……都隨風消逝。

我的前輩朋友回味：「六十年代的兩處跳舞地方不能不提：香港在 1967 年有動亂，平息後，政府搞『青年舞會』給年輕人發洩，有時會安排在維港的『渡海小輪』，有時會在今天 IFC 所

在的卜公碼頭天台，給大眾『跳餐飽』。跳舞，是每個年輕人的 DNA，那時，一頓便宜午餐才 3 元，我們省吃，都是為了去跳舞。你看看，還要花錢造『戰衣』，當時，油麻地公眾四方街有一家『好好洋服』，灣仔利東街（有人叫喜帖街）都是專造『舞衣』的好去處。在 party，群青亂舞，煞是好看。」今天，大家老了，抱着「十月懷胎」的肚子，跳舞怕傷及腰骨。

　　《樂記》曾說：「手之舞之，足之蹈之。」跳舞本來是美事，可惜，後來的「舞場」，許多變成吸食毒品的地方，嚇到正經人家都不敢去，加上香港的租金以十多倍加增，影響我們的生活娛樂，於是「P 場」（跳舞 party 的地方），一家家倒閉；可悲的今天青年，沒有經歷過六十、七十、八十年代跳舞文化的幸福洗禮。近年來，看到香港許多的事情，和跳舞的地方一樣，『好事變壞事』；機會主義橫行，把手段變成目的，他們以為找到自己，其實是迷失方向……

# 「第三空間」回憶：台北的淡樂與輕愁

下半生，想做懶鶴，東住住，西躺躺。

除了香港，最熟悉的城市是台北——朋友在那裏，法律業務曾在那裏，我的故事留在那裏。忽離忽別，誤華年。

台北，億萬年前，是內陸湖的盤底，由於地理優勢，成為台灣的經濟中心，不計算周邊，台北市只有兩百多萬人口。台北的文化是談生活、談人；香港的文化是談機會、談錢。十七世紀，西班牙人在淡水海邊「落腳」，建「聖多明哥城」（Fort San Domingo），後被荷蘭人趕走。1895 至 1945 年，台灣是日本的殖民地，那些老房子，像淺草。

香港有 7-Eleven，台北有我心愛的 Family Mart。對於可憐現代人，便利店是家，每晚回酒店前，在 Family Mart 尋寶，地方大得可以在店內盛宴，買了一碗關東煮、一盤芭樂、一杯熱牛奶，靜坐，望着玻璃外，一對戀人要分手，台北的冬雨，慣說別離言，哀無邊。

1979 年，我第一次擁抱鐵鳥的翅膀，異地是台北，只因為機票便宜。當時，台北比香港落後，樓宇殘舊，路上滿是汽油味；最萌是老太婆，受日本影響，愛穿花裙、塗上口紅，見人會鞠躬。繁榮地方只有西門町，如旺角般，多路邊攤。問永安大飯店的接待：「Shopping 在哪裏？」答：「鐵路後面的中華商場。」（那時的西門町，有一條大鐵路）天呀，原來像香港中環街市的「物體」；

那年代東區還有農田，更不用説「台北 101」的「潮人」信義區，而賣「來佬時裝」的中興百貨，八十年代才開業，只是香港永安百貨的簡化版，在 2008 年，中興不敵新型商場，關燈告別。

七十年代，香港年輕人放洋的不多，考不上本地大學，家裏又沒有錢的，便去台灣念大學，香港人被叫「僑生」，學費免收，還有津貼。那邊的同學帶我去「夜店」，客人穿短褲、涼鞋，喝的是台灣啤酒，吃的是花生，紅男綠女腳踏花生殼，跳 cha-cha-cha，小舞池填滿人頭的波浪，青春無悔，大唱劉文正的《舞在今宵》：「dancing all night，請別把我忘懷……」讓我想起當今「五

月天」的《傷心的人別聽慢歌》，台北總和我餘情未了。

昔日，台北難忘的是兩件事：晚上戒嚴和電單車（他們叫「機車」）。在七、八十年代，台北的經濟發展受制於 1949 年頒佈的戒嚴令（curfew），持續三十八年，在 1987 年宣佈結束：晚上，我們在中山北路一帶，約 11 時吧，聽到街頭的警報聲，便要「雞飛狗走」，慌忙地趕回飯店，計程車都給搶光，只好坐上像今天曼谷的「白牌電單車」，在極速公路上，尷尬地緊抱司機的肥腰，這是最不情願的性騷擾。

四十年來，為公為私，一年總會跑台北數次，許多地方，比台北人還要熟悉：有些館子，老闆都仙遊；我來往的律師事務所，合夥人更替了三代；懷舊的「紅包場」（老歌廳，歌星穿着廉價的華麗晚禮服，唱六、七十年代的金曲，觀眾為了獎勵偶像，送上紅包打賞）和「民歌餐廳」（流行於八、九十年代，歌手多是年輕讀書人，拿着木結他自彈自唱，巨星如周華健、張宇也曾駐場）全部關門；「外省人」（1949 年前後，因內戰由大陸遷居台灣的移民，他們來自湖北、江蘇、山東等地）主導的生活方式亦日漸式微；我還記得當年的電視台，不准用台語廣播，要用「國語」。不過，九十年代開始，台灣改革開放了，台北的物質水平，一天比一天進步，而且台北的美麗，到了今天還是獨特的：生活空間和文化。

生活，不是早上起來，上班、抓吃、看手機、睡覺，這般簡單，這只是人肉機器的流程。生活，是一種「人的文化」，它是甚麼？台灣作家龍應台解釋：「文化體驗在一個人如何對待他人、對待自己、對待所處的自然環境。在一個文化厚實深沉的社會裏，人

懂得尊重自己──他不苟且，所以有品味；人懂得尊重別人──他不霸道，所以有道德；人懂得尊重自然──他不掠奪，所以有永續的智慧。有文化的人，一顰一笑、整體氣質，都不一樣；一隻滿身是癬的流浪狗走近他，他是憐憫地避開，還是一腳踢過去？電梯門打開，他是謙抑地讓人，還是霸道地把別人擠開？」

台北有文化底氣，當然是相對的說法。在七、八十年代，謀生困難，教育未普及，這城市也有粗魯的基層，萬華區的華西街，一樣擠滿黑道和娼館，我經過艋舺，「地膽」的眼神如利刀；而在今天，我再感受不到台北的年輕人有着從前的溫柔。

台北人重視教養，有她的歷史原因（台灣東南部的城市，和台北是不同的世界）：在戰後，從大陸去台灣的「外省人」，前前後後，有過百萬人，當然，戰後來香港移民的人數也不少，但許多只是農民。相反，從 1949 年開始，蔣介石籌備撤軍退守台灣，他認為台灣的發展建設，要靠才俊，於是把社會各階層的精英如教授、新聞、科研、文人等人才，帶到台灣，多定居台北。我們念書的六、七十年代，許多中外書籍，便是台灣出口的；動人的電影如《養鴨人家》、《冬暖》、《秋決》等，亦是台灣過來的；精緻的好歌，如《今天不回家》、《往事只能回味》、《橄欖樹》等，皆由台灣外輸。聽說在九十年代末，台灣的書店多達四千家，敦化南路 24 小時的「誠品書店」九十年代才出現，我躲進去，夜未央。之前，我們擠往「金石堂書店」打書釘，瓊瑤的小說，一定買幾本回香港。她寫初戀的作品《窗外》，是 19 歲林青霞的首演，一炮而紅；林青霞是港男對台灣女生的幻想，有氣質、有教養。

三十年代，日本人在衡陽路一帶，經營咖啡店。台北的咖啡

店，歷史悠久，一向是讀書人出沒的地方。八十年代，咖啡店叫做「舊情綿綿」，文雅浪漫到死。九十年代，我最愛忠孝東路四段的 Tu cafe，漂亮的文青在那裏談及幸福，我在那裏度過無數晚上。台北的茶店如恆河沙數，花草樹木都可以變成茶。生活的「小確幸」，在台北輕易找到，因為台北人珍惜家庭和工作間以外的第三個地方，也是社會學家所説的「第三空間」（third place）概念。「第三空間」在大城市中，讓人們得以逃離繁瑣日常，像心靈躲避所。在香港，走進任何一家 Starbucks 或 Pacific Coffee，人們都是談工作；在台北，咖啡室卻是發獃自療的好地方，因為在台北，生活的空間大很多，台灣近年發展近機場的林口和近淡水河的新北，漂亮時髦。在台北，屁股樂於尋覓一處方位憩息，看着小鳥啄食地上的陽光；或跑去綠得過分的民生社區，在老房子門前，找間雪糕店。「年與時馳」，年輕人要把握光陰，做啄食的小鳥，而不是觀鳥的閒人？

　　問台北的朋友：「在台北買房子好嗎？」他説：「這二十多年來，台灣的經濟一般，我們的人口，只有二千多萬，外來人不多，租金回報非常低。台北不是香港，光是『炒樓』和『炒股票』，活不下去。聽説香港有些人，想移居台北，追求心目中的『小確幸』。如果從經濟上考量，這不是一個好主意：台北並非一個國際中心，工種不多，而新科技行頭，又不是香港人的專長。想搞點零售生意，但是，台灣不崇尚消費主義，夢想來當一個文青，文化根底未必夠厚；還要學懂台語呢。台北賺港幣 10,000 元月薪的人，比比皆是，扣除生活開支後，還剩多少錢寄回香港的爸媽？」

台北適宜一些「家有恆產」，不用擔心生計的人家，一年停留三個月，享受異地生活「staycation」的樂趣，那叫「居遊」，在這充滿文化和空間的城市，宿遊旅居。朋友被派去台北工作，我問：「生活如何？」他笑笑：「比對香港，台北是『寧靜』的！」我說：「早猜到你這麼說。」他點頭：「香港人太氣盛，忙於安排今天、明年、下輩子的事情，操心的都是收入和物質。台北人，注重家庭生活樂趣，晚上，回家吃飯的人多，在外面流連的人少，館子過了十時，『歐巴桑』已收拾地方。老百姓追求安穩的生活，一年買多少套新衣、去多少次旅行不重要，要別人加班，加工錢也未必答應；你興高采烈提出做生意的大計，他們聽過後，轉身便把念頭打消。」

　　台北人的「easy」態度，有三個原因。台灣是一個島，島，可以獨善其身，不必和很多國家擦邊；在台北，新聞消息都不用國際化，你看，消防員拯救一隻小貓，都可以是電視新聞。第二，在台北，平常百姓佔多數，沒有香港那「鑽石和塑膠粒」的平行貧富差距。加上生活費用不高，人們祥和。最後，因歷史的關係，台灣定於某種空間，人們慣於風浪，隨變而活。

　　從香港人的標準，我發覺台北人的「隨和」有時候變得「隨便」，因為他們是「人尊」的社會，和香港「法尊」的社會不一樣：兩個台北人在吵架，可能以道德為依據；兩個香港人在爭執，必然根據法例在舌劍。這些事情，對於我作為一個律師，感受特別深。有一次，對一個台灣客戶在法律上說不，她的反應是：「你沒有人情味，不把我看作朋友！」另一個例子，香港的公共泳池管理，一絲不苟，到處都是警告牌，嗅到的是漂白水味道；台北

的泳池「人氣」十足，守門口的，像個鄰居，招待處擺放私人東西，完全是家庭式。近十年，香港變了，非常冰冷，有甚麼事情，想找人查問，飽受欺凌：答案往往是「你上網查、手機 apps⋯⋯」。假如香港不以文化和修養去改善社會，繼續以金錢掛帥，就算更高的 GDP，只會衍生更可怕的惡行。

　　想一年在台北 staycation 數月，另外一個考慮是地震，台北人習慣了地震，香港人卻怕得要死。有一次，我住的酒店，震得很厲害，遊客跑到地面避難，抱在一團，以為是世界末日。當然，位於地震帶，「好處」是有溫泉，台北的山邊有着大大小小的溫泉，開車去到如夢境的烏來，望着河，輕煙在飄，思念舊時人。

　　想在香港以外，建立多一個亞洲驛居，到底在哪？我仍在掙扎：東京的浮華？青島的海韻？曼谷的熱艷？還是台北的樸樂？

　　下一站，在寂寞的街燈下，雨朦朧，誰又等候與你共舞？

# 人字拖到芒果糯米飯：曼谷回憶

曼谷，不是任性，就是懶散。

想起曼谷，想起陽光。年輕時，沙灘是床，陽光是被；但「陽光與海灘」會致皮膚癌。現在常去曼谷，陽光和酒店：陽光，用來看的；酒店，只用來感受的，還每次「集郵」一間。真正出沒的地方，在商場、「吃貨」埋伏的餐廳、舒服得溶掉的「泰式按摩」店（在台灣和內地，泰式按摩，另有所指，「含笑半步釘」）。

三類人，不宜去曼谷：貴婦，因為這城市大酒店的門口、豪華 mall 的街頭，勃然翻臉，會出現爛泥凹、坑渠味。愛爬山唸詩的「風景客」，因為曼谷位於湄南河的低窪平原，千多萬人擠在一起，找佛塔比山頭容易。最後，是衛道之士，曼谷又叫「天使之城」（City of Angels），本和信仰有關，後來被尋芳客「食字」。泰國一年有差不多四千萬遊客，超過一半留在曼谷，紅燈事業發達，當你被外國遊客拖着小鶯撞倒的時候，可不要喊「哚」或「呸」！

十九世紀，東南亞稱為「Indochine」，法語的意思是「印度化的中國」，而影響泰國文化和宗教最深的國家，也是印度和中國。古代，泰國是兵家必爭之地：北面是中國、東面是柬埔寨和越南、西面是印度和緬甸、南面是馬來西亞和印尼。泰國生存之道，便是儒學的「和而不同」、佛學的「不動則不傷」：她願意和西方列強妥協，避過成為殖民地。佛教是泰國文化的核心，雙

手「合十行禮」應用於日常生活上，而「虔誠下跪」，也是禮貌。有一次，我在已拆掉的 Dusit Thani 酒店，見一位著名的銀行家，女侍微笑、低頭，跪行進來奉茶，嚇得我受之有愧。泰國人的友善，迷惑我幾位朋友，一生只去曼谷這城市「休遊」，甲說：「去其他地方，像走難；去曼谷，不用多花錢，已經大爺一樣，就算火警逃生，也可以抬着走！」

傳媒叫曼谷「香港人的後花園」，其實，曼谷不算百花齊放，強的只是大小吃喝玩樂。春節時候，沒有人飛往華人地區，如新加坡，因為店都關門，於是旅行社推波助瀾，提供「曼谷五天套餐」，一天二十多班機飛往 Bangkok；香港有三百多家酒店，曼谷卻接近一千家，數百元一晚都有，香港人在曼谷尋親拜年，比在香港容易，在 Facebook 登幅相片，已經十多人相認；我的「開年飯」多在曼谷吃。

八十年代，飛往日本和韓國是昂貴的。「返大陸」（當時的叫法）是刻苦的；台灣要申請簽證；「星加坡」（當時不叫「新加坡」）和香港太「雙生姊妹」；吉隆坡落後，市區只有一個 Lucky Plaza，如香港的「屋邨商場」。如果要「城市驛旅」，還想夜生活，只有菲律賓的馬尼拉和泰國的曼谷，這兩個國家的民族，也最有藝術細胞。那年代，馬尼拉比曼谷受歡迎，有幾個原因：英語在馬尼拉通行無阻，飛馬尼拉只需個多小時，去曼谷兩個多小時，機票也貴一點。而且，曼谷當時落後，shopping 的地方只有平房區 Siam Square，賣肉乾和榴槤等土產，對面有一個小商場，叫 Siam Center，裝修簡陋；但是孕育了泰國年輕的時裝設計師，如 Soda、Greyhound，我常去「濕平」。而馬尼拉受到美國

影響，Makati 地區的商場宏偉，Shoemart 門口，可有數百個車位；Rustan's 百貨公司，如美國的 Macy's，我喜歡他們的厚浴巾；對面半島酒店的典雅，媲美香港的總店。可惜，在 1986 年，獨裁的馬可斯（Marcos）總統倒台，菲律賓政局混亂，還加上 2010 年，槍手挾持香港旅客，八個人質喪生。自始，Manila 再不是香港的「花園」，只餘曼谷一枝獨秀。

　　我在曼谷的享受，放縱於睡眠和「人字拖鞋」。生活在香港，天天忙亂，像喪屍，到了曼谷，「阿姨，我不想努力了」，把千百計睡眠小時補償下來：早上吃飽早餐，倒頭又寢；中午在泳

第一章
心談心

池曬太陽，和風再瞌睡；晚上，做完泰式拉筋按摩，回酒店繼續昏迷。在香港，清潔、送外賣的，也不會穿「人字拖鞋」失禮別人，我們的「中環黨」，一天到晚穿皮鞋，不穿襯衫開會，更是別人的眼中釘。到了曼谷，恍如放監，不再客氣，拖鞋、背心、波褲、cap 帽（頭髮也懶得 wax、鬚也不剃）。坐 sky train，滿車卡都是這樣打扮的「親戚」。

　　吾家是潮汕人，來自中原，分佈廣東，又叫「廣東猶太人」，哪裏可以做生意，便跑哪裏。走了的老爸說：「汕頭有船開往泰國，帶東西往曼谷賣掉，換了點錢，坐船回中國，再買再賣，如不是在潮陽有發展，早已移居曼谷！」那我便是泰國人？泰國約有九百萬華人，大部份落根曼谷，可以想想，這城市有數百萬的潮州人。八十年代，在河邊的 Chinatown（唐人街），潮州話通行，今天，他們已是第三、四代，不懂華語，把自己看作「泰國人」，這些遠親，在上一輩消失後，在滾滾紅塵中，相見不相識。

　　曼谷，春夏秋冬都溫柔，一個背囊滿的衣服，已夠應付，還可以把舊衣服送給路邊老人。沿着 sky train，都是好酒店和商場，每天到不同的車站蹓躂，今天去 Siam 站的 Paragon，明天去 Chit Lom 站的 Central Embassy，後天去 Asok 站的 Terminal 21。單身的，去別處地方「孤身走我路」，會痛哭：比馬天尼酒更寂寞的音樂，將房間淹沒，傷心的夜光破窗，擊中脆弱心靈；但是，在曼谷，日間和晚上的活動，萬紫千紅，反而結了婚的朋友望着你，咬牙嫉妒。有些晚輩遇到感情問題，想避開「洋葱」，我說：「去曼谷幾天吧，當你看到一大群開開心心的單身遊客，不用再買安眠藥，腦子只會想着：戀愛久了，重拾『光棍』的滋味多好！」

在曼谷，大型商場之多，僅次於東京。我愛光顧 Central World，百貨公司 Zen 內，有當地文青的創意商品。吃的，差不多一百家，電影廳，也十多間，他們的電影廣告有趣極了，首半小時是這些「甜品」，到了播放國歌，不管你是甚麼國籍，都要肅然站立，然後，盡情地投入一部不好看的電影。黑暗中求六根清淨，時間用來浪費。有一種「不孤單」，叫做孤單。

泰國人常說「dai yang sia yang」，意思是：有失，才有得。在曼谷，百無聊賴，失憶感覺是極品。有一位「工作狂」的朋友卻有不同看法：「去了曼谷數十次，還去廟宇、鱷魚園嗎？太太流連商場，自己在泳池伸懶腰，藍天碧水，喝着 Singha beer，叫了一客木瓜沙律，打開電腦，原來一面享受、一面工作，思維和效率，頓時回勇。想不通的問題，只因太接近，離開香港，自己只是天地間的小蟲蟲，甚麼事情，很快便有答案！」我開玩笑：「找到秘密了，原來泰國人微笑地問候『sa-wa-di-kap』，是有魔法功效……」

那麼，在曼谷買一間小房子好嗎？兩年前，我認真地行動過，支票都準備好，還是放棄。首先，政府太寬鬆，曼谷隨處都可以建高樓大廈，有買不完的樓盤。如果位置不近 sky train 站，肯定是噩夢，因為曼谷大塞車，人有三急時，變熱鍋螞蟻。除非「自用」、除非你買在貴區 Thonglor、除非你的房子仍是簇新的，否則找好的租客並非容易。我有律師的「原則」，可是泰國樓宇買賣的法律合約，隻字不讓，發展商只是說：「不用怕，到時自會『搞掂』！」結果，我打退堂鼓，不買了，如釋重負地去「銀都」吃著名的「煲仔翅」。曼谷人辦事起來，真的會氣死香港人，沒

有時間觀念、凡事含糊；我們還是當個笨遊客，不惹煩惱根。

近十年，全球反政府的運動一天比一天多，有人說是「民粹主義」（populism）：即「平民大眾」的價值觀抬頭，例如財富均分。泰國無可避免，從 2008 年起，政治鬥爭不絕，有一次去不了曼谷，便是因為機場關閉。最近肺炎疫情嚴重，更不能去；懷念在曼谷愉快的日子，如疫情過後，要多去，因為不知道何時它又亂起來……

曼谷，空氣是慵懶又悠閒的，人們，找藉口說汗水太重，不能彈動，好逸惡勞成為硬道理。在河邊，碰到一家舒服餐廳，點了吃過百次的芒果糯米飯，它是上帝的藝術作品；打開手機的 YouTube，找到「泰國劉德華」Bird 的名曲《Koo Gud 冤家》，想跳舞：不用了，因改編這首曲而大紅的香港男團「草蜢」急不及待，已在高歌《失戀》！

# 澀谷特殊 Co-project 空間：QWS

　　念大學時，儉用省吃，存錢去嚮往的東京。學了四次日文，雖然都半途而廢，也是為了東京。

　　東京，除了地震以外，是最優秀的亞洲城市，傳統和現代、物質與精神、繁榮跟悠閒、文明及享樂，一切妥當。

　　八十年代，香港人已經頗充裕，但仍有廣東人的樸素，生活小節粗疏，要追求精緻溫柔，例如買牛角包，會送濕紙巾，還有塑膠袋包着的小叉，花數小時航程，東京便在你眼前一亮。

　　九十年代，東京受到日本經濟爆破的摧毀，南柯一夢。我也開始貪新忘舊，嫌棄東京老化，人窮志短：舊餐廳有異味、百貨公司沒有新裝潢、潮人突然穿 Uniqlo。

　　「長命首相」安倍晉三 2012 年再上台，提出「安倍經濟學」，稱為「三枝箭」：第一，寬鬆貨幣供應，第二，擴大財政開支，第三，結構性改革，例如設立經濟特區。我的日本朋友說：「安倍經濟未見成效，但是，他讓日本人醒覺，大家不進步，便成為大叔。」

　　近年，東京人發力了，心坎又重新喜歡東京：高樓處處在建、價廉的新衣服品牌湧現、新食店又潮又好、服務業的人開始懂英文。

　　喜歡把東京三個地寶比喻為香港地區：銀座（Ginza）是尖沙咀、新宿（Shinjuku）是旺角、澀谷（Shibuya）是銅鑼灣，我們常誤讀日字，以為是「涉」谷，其實是苦「澀」的澀字，故此，

有些外國人叫它做「Bitter Valley」。

　　澀谷區，佈滿小丘和低谷，在遠古是鹽谷，也是墳穴地帶。江戶時代，澀谷的山崗則是武士民居，低地是稻田。環迴東京的重要鐵路叫山手線（Yamanote Line），可追溯至 1885 年，由於澀谷是山手線的繁忙轉車站，故此，發展成熱鬧的購物區。

　　澀谷最著名的不是西武（Seibu）或東急（Tokyu）百貨，是它的鐵路站。兩個原因：車站前面有一個秋田犬「小八」的雕像，牠的主人是東京大學的教授，1925 年，教授猝逝，但是小八仍然每天到澀谷車站等候主人下班，日復一日，經過十年後，小八患

癌去世，人們為了紀念牠的忠心，豎立了銅像。第二，是車站出口的「十字路口」，它是東京經典的觀光點：為了節省時間，當交通燈轉色，東南西北，四個街角的行人同時橫過馬路，蔚為奇觀，每天穿越十字路口的人高達三十多萬，外國人把這十字路口稱為「Shibuya Scramble Crossing」，即「澀谷搶界」的意思。

最近，澀谷舊車站重建，叫「Shibuya Scramble Square」，第一期樓高 47 層，天台叫「Shibuya Sky」，可欣賞東京的鑽石夜景；低層至 14 樓為商場，逾 200 間店舖，天下牡丹一樣紅，店舖很美，可是對我已無驚喜；最特別是 11 樓的三百年老店「中川政七商店」，它展示全國超過數百名「手作人」合製的四千多件商品，每一件都精巧，值得觀賞；此外，商場內的公共標識系統夠潮、夠格，喜歡設計的要來「偷師」。

Shibuya Scramble Square 最教我流連的是它 15 樓的多用途空間，叫做「Shibuya QWS」。外表看來，和一般的 co-working space（共享工作室）沒有甚麼分別，有工作空間、活動空間、休息空間、交流空間，加起來約二千六百平方米。甚麼是「QWS」呢？它代表「Question With Sensibility」，簡單來說，是「敏銳提問」。

Shibuya QWS 背後有三個大財團在發功：東急株式會社（Tokyu Corporation）、東日本鉄路（East Japan Railway）和東京地下鉄（Tokyo Subway Corporation）。它是一個「社會良心計劃」，靈感來自鐵路站前面，世界知名的「Shibuya Scramble Crossing」：每天，數十萬人在這交匯處橫過馬路，他們來自不同背景、不同性格、不同專長，不過，如果有一處地方，可以讓這些

人（特別是年輕人）「交匯」，共同對社會產生新的想法和新的貢獻，會是何等精彩。新價值的起點，來自大家對所探索的事情不斷質問提詢，只要問題尖銳和富啟發性，終於會找到好答案。

QWS 和一般共用空間不同，它不只是陌生人走在一起，共同使用的一個地方，它還要求參與的人，擺脫「使用者」或「租客」的身份，他們要「入會」。成為「會員」（members）後，參與 QWS 的「社區」（QWS Community）及其「活動」（QWS Program），通過會員之間的認識、溝通、合作、思考、共創這個五步過程，為東京、其他地方，以至全人類，產生「新力量」（New Movement）。

會員有三種：個人、團體和企業，而共同合作的項目（Co-project），所作出的貢獻，也分為經濟、社會和人類的三方面，有收入或沒有收入的項目都可以，總之，希望會員和 Shibuya Scramble Crossing 的過路人一樣，通過「匯聚」，激起無窮的可能。因此，不準備和別人合作的「孤獨精」切勿參加這個 Shibuya QWS，但是，對於那些想為自己和社會做點事情的人，通過嶄新的 Co-project Space（共項空間），可以交上合作夥伴，得到別人的翅膀，如虎添翼，不過，如果其他會員是空談「大隻講」，又怎辦？

那裏的工作人員都穿上一件白袍，看似醫生，頗好玩。我問笑容滿面的負責人：「外國會員可以嗎？」她說：「可以。」我追問：「目前有甚麼好項目？」她回答：「我們剛起步，一切仍在發展中，目前已有些關於農業和環保的項目。」我瞄瞄他們的通信板，會員已經貼滿不同的問題和建議。我問每月費用多少，不貴，約二、

三千港幣。

Co-working space 在香港流行了一段時間，近年，「供過於求」，有些空間開始倒閉，因為沒有質素的，只是把地方分租出去，做「包租公」，會員佔用一個座位，打開電腦，每天上班、下班，和其他會員「零」交流。較好的共享空間，會安排一些社交活動給會員，喝喝酒、聽講座，但是情誼長不了利益，和 Shibuya QWS co-project space 的形式，無論在安排上和目的上，有着天淵之別。

在推動會員「共贏」項目方面，Shibuya QWS 花了大量氣力在背後牽線，他們成立了「Booster Office」（助推辦公室），安排一流專家坐鎮，無私地為會員提供支援，例如有三浦法律事務所（Miura & Partners）、資本服務公司 Scrum Ventures、活動顧問 Peatix、創新中心 Mirai Innovation Center 等等。香港有句話「塞錢入你袋」，意思是給予寶貴意見的價值，等同把一筆錢塞進你的口袋。好的導師，勞苦功高。

此外，學術理論的指導，也非常重要，Shibuya QWS 和名牌大學聯繫，即東京大學、東京工業大學、早稻田大學、東京城市大學和慶應義塾大學，邀請他們成為顧問，隨時協助會員。

只專注賺錢，不在其他方面貢獻社會，這「獨善其身」的企業態度已經過期，甚至被社會斥責，更有些富豪的第二代，現常被指為「上流寄生族」。以往，企業捐錢做點善事，便滿足了所謂「企業社會責任」（corporate social responsibility），今天，大家不「收貨」，潮流要大企業多做兩件事：impact investment（社會影響力投資）和「ESG 計劃」（environmental，social and governance programs）（governance 是指企業或社會建立更理想制度）。社會影響力投資是指一些能為社會產生良性影響，同時也帶來財務回報的一種投資，例如以低息借貸給落後國家的弱勢女性，讓她們自強，創辦自己的小型企業；ESG 計劃是指企業對環保、社會及管治方面的長期投入，換言之，企業對這些有益但非牟利的項目，要作出長期的推動承擔。

希望 Shibuya QWS 的概念，給予香港企業新的靈感，以 impact investment 或 ESG programs 的角度，帶頭成立 co-project space，讓我們的年輕人，有地方、有項目、有資源，還得到「高人」手拖手，把祈求變成明媚現實，為沮喪的香港人送 HARBS 水果蛋糕，還要在澀谷買的！

# 不敢碰 musical 的六個原因

「花開堪折直須折」，我的梨樹不開花；既然夢想無花，懶折枝，托着頭，故花瓶一直空着。

曾經喜歡音樂劇，達到迷戀級別。我像劉姥姥，音樂劇就像大觀園，這地方充滿巧妙。《紅樓夢》中的姥姥，滑跤倒地，尚可爬起來，我怕投資音樂劇後，會損兵折將，崩壞不起。三十多年來，音樂劇跟我不斷擦身而過。咃，是它引誘我的。

音樂劇來自外國，叫 musical theatre 或 musical，早期譯為「歌舞劇」，更貼切。純藝術人説：「哼，炒雜碎，音樂、歌唱、舞蹈、話劇、雜耍、特技，共冶一爐，像新界的『盆菜』，疊架橫豎，不矜貴。」觀眾説：「錯，一張門票，換來多款舞台甜品，總比藝術苦茶好。」

香港的舞台藝術活動，大部份是政府出資。我為政府服務二十多年，主責協助「派錢」，那好意思拐過彎，反問政府拿錢做藝術，如果用自己和朋友的錢，當然要考慮市場，所以，我歸納 musical 為「市場藝術」。這也好，如果成功，像《歌聲魅影》（*The Phantom of the Opera*），從 1986 年首演到今天，演出城市超過一百五十個。我心目中的 musical 要「叫好又叫座」，虛榮誤我。

老婆是別人的漂亮，作品是自己的好。歌劇（opera）蔑視音樂劇：「你們歌曲的難度跟歌劇沒得比！」粵劇批評：「我們的

功架要苦練數十年，你們只把戲劇演員拉上台，便是音樂劇！」音樂劇對着香港名劇《我和春天有個約會》，則說：「你們在話劇放入流行曲，不入流，只算 music play（音樂話劇）！」

藝術界，熱衷於「正名」，對表演形式，嚴格歸納，但是，藝術的表達，是否真的需要「名不正，則言不順；言不順，則事不成」？

大約二十年前了，香港演藝學院開辦了一個「音樂劇文憑課程」，老師是 Mohamed Drissi，當時，課程在舞蹈系下面，但課程突然要取消，因為有意見認為 musical 沒基礎「獨立成家」，亦不必刻意培訓音樂劇人才，Mohamed 於是去外面開了一間叫「The Hong Kong 3 Arts Musical Institute」，可惜的是當年的畢業生沒有出路！

最近，康文署主辦《我們的音樂劇 The Originals》節目，高世章任音樂總監，香港小交響樂團演奏，還有四男四女的演員，既唱且演，向香港過去四十年的音樂劇目致敬，音樂由高世章「敬老整容」；我一面聽，一面百感交集，那些都是美麗回憶，當年同看的親友，有些已離世，人都走了，但甜茶未涼。高世章和他的填詞搭檔岑偉宗，好像七十年代樂壇作曲和填詞的「絕配」顧家輝和黃霑，他們不遺餘力推動香港音樂劇，叫人感動；但是，有規模的音樂劇，花費不菲。高世章在台上呼籲：「希望有錢的商界參與其成！」

粗疏來說，音樂劇有六大品類：

❶ 點唱機音樂劇（jukebox musical）——歌曲不是原創，只是把現成的歌曲放在一起，從市場學來看，因為歌曲已有賣點，容

易找觀眾。高志森常用這個方法，包裝梅艷芳、張國榮等的名曲。

❷ 文本音樂劇（book musical）──先有話劇劇本，再加音樂及填詞配合，出現一個以戲劇為主的音樂劇，這方式在香港較為流行，如《一屋寶貝》。

❸ 原創音樂劇（original musical）──所有決定由音樂總監omakase（「廚師發辦」），有些劇作家不悅，覺得主動權被音樂奪去。

❹ 樂與怒音樂劇（rock musical）──音樂以流行原創音樂為主，特別是 rock and roll 或電子音樂，創作者未必是一個人，可能是一隊樂隊或一群作曲家。最著名的是 *Jesus Christ Superstar*（《萬世巨星》）。

❺ 概念音樂劇（concept musical）──他們多是抽象表達，故事性不強，探索一些人生或宗教議題。這些冷門形式，在香港並不流行。

❻ 雜錦音樂劇（revue 或 compilation musical）──同樣是故事性不強，但 revue 以娛樂為主，有歌舞表演，甚至「棟篤笑」，

拉雜成軍。2019 年，歌星林子祥在紅館搞了一個 *LAMUSICAL*，算是這類東西。此外，李居明的搞笑《粵劇特朗普》，可算是這種 musical？

香港過去的四十年，musical 的路又是如何走過來？

**①「歌星自演音樂劇」**

在七十至八十年代初期，娛樂界的歌星，在外國看了音樂劇，心懷抱負，用私房錢以自己為主角，搞唱和演於一身的創作。當時年紀小，沒有看過 1972 年潘迪華的《白孃孃》（很有氣質的男主角鮑立最近病逝）、1982 年羅文的《白蛇傳》亦未看過，他 1984 年的《柳毅傳書》，有幸欣賞，它以廣東小曲為主，坦白說，沒有驚喜，雖然認真，但是像電視台的歌舞製作。

**②「西劇中演」**

簡單的製作方法，便是搬外國的 musical，將價就貨，由本地演員用英語或廣東話重演，觀眾可望餅充飢，演員戴金色假髮，看似「習作」，最常見的是 *The Sound of Music*（《仙樂飄飄處處聞》），因小朋友愛看。

**③「歌唱話劇」**

先弄好話劇劇本，然後按照需要，加進歌曲，好處是音樂處理容易，也不用聘請大樂隊，香港最強是這方面。著名作品有《我和春天有個約會》、關於小明星一生的《星海留痕》、《容易受傷的女人》。

**④「小劇場原創」**

年輕人，充滿野心，走在一起，用有限的資源在小劇場，以音樂劇發揮自我。最成功是一舖清唱樂團的《大殉情》，講歷史

風流人物，哪個的殉情最動人？進念曾有《瞽師杜煥》，講南音老師的感懷身世，科技加上音樂，很有深度，可否看作 concept musical？我極支持「小劇場」的東西，具無限可能性。

❺ 「音樂劇演唱會」

有些音樂劇，在體育館或球場進行，上萬的觀眾，坐在「巨無霸」場地，戲劇效果無法發揮，像看演唱會吧，舞台的效果沒有劇場感，票房成績好的有張學友的《雪狼湖》、失色的有呂良偉演的《風雲》。

❻ 「專業班底音樂劇」

1994 年，第一齣製作認真，台前幕後都是演藝專業，正式在劇院公演的音樂劇誕生了，它是演戲家族的《遇上 1941 的女孩》，講日軍迫近香港的故事。多年來，這類大製作不斷，有《頂頭鎚》、《四川好人》、《大狀王》、《一水南天》等等。

對於香港的「大製作」，最頭痛是製作費還是不夠大，於是，只變成「似巨作」，而台前幕後的其他元素，仍未達到真正頂級，看的時候，感受到專業們的用心，但是，成績並非事從人願，離開劇院，總是有點壯志未酬、尷尷尬尬的難受。

文初，我說和音樂劇不斷的「擦身而過」，回想起來，都是本人的遺憾。我是理性的，沒有把握的事情，不敢隨便「脫衣服，跳進去」。

在這裏，分享我的故事，也說明了香港 musicals 所面對的困難，及要改善的組件，希望同行不要放棄宏願，終有一天把香港音樂劇出口。

**❶ 缺乏資金**

香港音樂劇的一位功臣潘光沛，才氣橫溢，是我的大學同學，一年多前，他離我們而去，留下大堆未發表的好歌。在 1994 年，光沛找毛俊輝執導他的音樂劇作品《風中細路》，當時資金不夠，他找我投資一小筆，我答應了，完 show 後，他拿那筆錢還給我，說：「幸好沒蝕沒賺！」後來，才發覺原來《風中細路》蝕了錢。

香港的大多數商人，以回報為先，他們不會支援藝術。找不到「金主」是目前面對的最大困難。有看頭的，可以出口的 musical，沒有數百到一千萬的製作費，很難精緻，因為觀眾期待世界級水平，會說：「台、燈、聲、演員、服裝、樂團、音樂、劇本，通通給我一流的！」

沒有羊，哪有羊毛？

**❷ 缺乏 long runs 場地**

大概 2002 年吧，高志森和我聊天，說油麻地逸東酒店商場內的戲院快關門，可否一起找有心人，然後說服地產商，把它改裝成劇院，因為香港不像紐約和倫敦，沒有私人音樂劇院，可以讓劇目演出一年半載，而政府的場地，只容許短期租用。大型的音樂劇，投資高昂，如未能「長演」（long runs），便沒法回本。

結果呢？高志森上個月給我電話：「我收拾東西時，發現了陳年的建議書，藏有你的相片，都沒用了，我寄回給你嗎？」

**❸ 缺乏「聲色藝」人才**

日本巨人級的「四季劇場」，專演音樂劇，成立於 1953 年，每年演出超過二千場，在 2005 年，創辦人淺利慶太（Keita Asari）想在香港成立劇院（淺利老師在 2018 年病逝，享年 85 歲），

他找我做顧問，當年的負責局長何志平熱愛藝術，他想支持淺利這構思，於是，我陪同局長去東京參觀四季劇場。在新橋的辦公室，淺利喝了一口綠茶：「音樂劇來說，西方演員最 powerful，無論唱、演、跳俱佳，我們日本的也相對薄弱，所以，如果香港要提高演員的水平，要從你們內地引進新人，未來亞洲最 powerful 的演員，應該來自中國。演員，要有競爭才有進步。」已故國家藝術大師紅線女在香港和我們交流：「頂級演員要聲、色、藝全，在台上才有魅力。」Musical 演員要「聲色藝全」的，想來想去，也找不到幾個，目前，鄭君熾和羅敏莊算是「吸睛」的，但是，如果要「聲色藝」全，還加上票房號召力，恐怕鳳毛麟角？

❹ 缺乏好劇本

導演鄧樹榮和我談合作音樂劇，嘴巴都動了十多年，還是找不到理想的題材和劇本：太 epic（大時代）的，有點老套；太 heroism（英雄主義），叫人發奮向上的，又覺八股；純粹輕輕鬆鬆的，意義不大；賣弄「本土情懷」，覺得矯情。一直、一直等待好劇本，最近有甚麼「李小龍傳」、「大澳人家」、「張愛玲之戀」等建議，我的信心都不大。

❺ 缺乏市場推廣專才

音樂名家梅廣釗說：「音樂劇沒有動聽歌曲引起關注，很難叫座！」我的老師吳雨說：「不是歌曲好，劇便會走紅，背後都是精心策劃的 marketing！」在外國，沒有一個大型音樂劇，會打算只演數十場（在香港，音樂劇要演超過兩週，也有難度），外國的市場策劃，目標把 musical「長演」起碼一兩年，這樣，市場推廣費用，將會是大數目！

假設一個「超級」音樂劇，打算在香港先演一個月，然後跑大灣區，加起來，共一百場，你以為那麼容易賣票嗎？沒有好的市場推廣，要賣十場也不容易，可惜在香港做大型表演藝術的推廣人才，寥寥可數。我面見過一些推廣公司，其實只懂公關，叫你花錢賣廣告、搞活動，這是很「低手」的市場策劃，連甚麼「4P理論」、「Push & Pull」、「Micro-segmentation」也不懂，要靠他們去創造票房，而且還要精於香港和內地市場的，真的海底撈月。

**6** 缺乏紅曲

像高世章、鍾志榮這些老練的音樂劇作曲家，在香港，真是「五隻手指」可以概括，許多所謂「作曲家」，只是業餘的、有些專做K歌、有些音樂造詣未到班。我看過一些音樂劇，歌曲像火鍋的醬汁，甚麼味道混在一起：百老匯式、Cantopop、內地民族風、rap、小調、山歌、西洋情歌、電子音樂，形形色色，缺乏 artistic coherence（藝術連貫），如何上「大枱」呢？自己都不喜歡的音樂，如何叫「金主」投資呢？

等到有一天我對「musical」夠死心，我就會放手。目前，我在想：如果年青的何非凡和芳艷芬、任劍輝和白雪仙、胡楓和蕭芳芳、張學友和林憶蓮、張國榮和梅艷芳，亮麗地重現眼前，肯演音樂劇，我會把性命和財產，交給「大押」店的二叔公，籌錢做音樂劇。

在此，感謝岑偉宗鼓勵我劏開了內心一條醃放了三十多年的鹹魚。回憶，雖然有鹽，也有甜的。

「半餅」果腹，是香港藝術市場發展的殺豬刀。

吾，死心不息。

# 舞台藝術真的可以出口

　　因新冠肺炎，藝術家窮上加窮。我認識一個音樂師，因為肺炎疫情，賦閒在香港，但是香港市場小，哪裏夠工作？於是，他咬緊牙關，寧願面對隔離十四天的痛苦，也決定飛去北京，結果，立刻接到工作，生生猛猛。藝術家，再不能只集中一個市場！

　　「守株待兔」，是中國人家喻戶曉的故事：一個農夫在樹下休息，這時，一隻兔子跑過，撞到大樹被擒，農夫得享大餐，此後，他不再辛勞耕種，只等待另一隻兔子出現。

　　過去，香港有四大經濟支柱：金融、貿易、物流、旅遊；除了金融仍「風韻猶存」外，其他都進入「滯後」狀況，貿易跑去網絡進行、內地大型的物流港變成競爭對手、旅遊又引起部份人不滿，激發對遊客的矛盾。

　　香港是一個比彈丸還小的城市，沒有天然資源，如果我們經濟上繼續以老行業去維持，只會吃老本；發展新行業，是香港人自救的出路。

　　全世界的城市正邁向「科技經濟」和「創意經濟」。科技，我不在行。創意行業能夠「創匯」的，可分「流行文化」和「高雅文化」兩種，這些文化，常分為四類：❶ 生活文化：如烹調；❷ 設計：如服裝、珠寶設計；❸ 娛樂：如流行音樂、電視、動漫遊戲；❹ 藝術：如管弦樂、舞台劇、芭蕾舞。每個類別，寫數千字還不足夠闡釋，所以，今次集中談舞台藝術的出口。

香港的舞台藝術過去的發展是紮實的：

❶ 當內地藝術發展或停或緩的時候，香港的舞台，從四十年代至今，由粵劇和話劇領軍，滾滾湧動，永不停息，基礎是穩固的。

❷ 香港許多劇團，歷史悠久，經驗豐富，例如 1977 年有香港話劇團、1979 年有中英劇團和海豹劇團、1982 年有進念‧二十面體，全部是現代行政管理。

❸ 香港演藝學院於 1984 年成立，專門培養表演藝術人才。在 2020 年，它的表演藝術學科，更升至全球第七位，所以，香港這方面的人才是全面而優秀。

❹ 場地方面，1962 年香港大會堂落成、1977 年香港藝術中心成立、1989 年香港文化中心啟用、2019 年西九龍文化區的首座場館「戲曲中心」正式開幕。香港公私經營的表演場地，約三十多處，反映出香港的舞台節目的豐收，水準當然有高有低。

不過，香港的舞台藝術的未來，面對以下掣肘：

❶ 大部份的藝團和節目，都是政府直接或間接支持，換言之，這些活動的「財政自立性」並不高，我不是說這些活動要脫離政府資助，但是，可以看到香港的藝團以及節目頗缺乏產業化、市場化和靈活度。

❷ 由於民間的投資或捐助者，嚴重不足，很多類型，特別是大型的舞台項目，缺乏資金去實現，舉個例子，凡超過數百萬的製作，要找資金，困難重重，而巡迴演出，卻必須龐大資金。

❸ 香港商業劇團不多，而非牟利劇團又不可以和別人分享利潤，所以，要這些非牟利劇團去打拼商業市場，會有技術和心理難度。

④ 我們的話劇以廣東話為主，故此，海外市場初時有限，如果吸引外面觀眾來接受，則必須是高質素的東西；而劇本更非常重要，在編劇的培訓上，要加大力度，才出產到有「品牌效應」的內容。

⑤ 最具潛質的是大灣區市場，不過，內地對節目的審批標準非常嚴格，如何打開一條「往來順意」的經營輸送帶，非常關鍵。

中國目前有兩大藝術市場：北京和上海。而國家的南端，仍未出現一個國際級的文化圈，香港要把握機會，聯合大灣區的十

個城市，打造一個「三足鼎立」的市場局面。這不是一個空想，大灣區有以下強項：

❶ 人口約七千多萬，收入富裕，具消費力，而且很多懂廣東話；

❷ 在各地區政府的努力下，良好的劇場「硬件」已初步形成，現在要的是「軟件」，即既受歡迎又高水準的節目，吸引觀眾；

❸ 由於地域接近，香港劇團到大灣區演出，可以坐車，或不用在當地留宿，較節省成本，於是巡演的靈活度大增；

❹ 區域內文化較為接近，所以香港劇場的內容，較容易被接受。

目前香港和大灣區的舞台文化交流，亦算正常；不過，主要是「G」（government）to「G」，即政府和政府交手，不是民間主導，或以「創意經濟」作為軸心思想。當然，目前這些演出，如用商業運作，蝕本的機會頗大，願意投資的人很少；不過，在另一方面，香港的流行文化演出如歌星演唱會，卻早已打開了大灣區市場，他們有純熟的運作系統，把娛樂南北貫通。所以，舞台藝術，除了「交流」外，我們的課題是如何把商演活動的經驗轉移，令藝術「產品」化，走出香港，去到外面，實踐市場和產業力量。

和大灣區的朋友討論，他們的反應如下：

❶ 「我們舞台藝術的投資者也不多，很多時候，都是政府及有關的資金支持，如果在財政方面，香港也有投資者，則可以分擔開支，『搞大』個餅！」

❷ 「我們也看過香港各大小藝團的演出，很多具潛質，但仍

未達到精美的級別，故此，要把它們再改良，然後進入大灣區，才有把握吸引觀眾；此外，兩地意識形態不一樣，劇團或須調節內容，才可以順利審批。」

❸「我們較為喜歡香港管弦樂團、香港中樂團、香港芭蕾舞團的節目，他們達到國際水平，又沒有語言障礙問題，但其他藝團的節目，恐怕要進一步提升，才容易建立市場的觀眾群。內地開放後，國際藝團也常常來大灣區演出，觀眾愈來愈挑，節目競爭將會劇烈。不過，我們也要承認，大灣區觀眾的素質和欣賞能力仍和京滬有一段距離，這需要時間來沉澱，所以目前市場並不易經營。」

❹「香港的舞台品牌效應，仍然不足，例如我們要求一些『大紅』的節目，包括適合一家大小的合家歡元素，或青年人的潮流口味，都不容易找到這些級數的節目。」

❺「內地愈來愈形成大國文化，雖然香港藝術另樹一格，但是，如不在內地市場上早點落腳，恐怕很快和香港電影一樣，會被邊緣化，因為內地精彩的節目，一天比一天多。」

以上挑戰，不能只交由政府去克服，這是舞台藝術全行要立刻行動，共同打拼。

現今，想打開外面的舞台藝術市場，香港要具備四大條件：

❶ 資金，這是最難解決的，香港文化產業的投資者太少，故此資金缺乏，商業贊助有限，但是，觀眾卻喜歡看大型及精美製作，像香港芭蕾舞蹈團的《大亨小傳》（The Great Gatsby）這種叫好又叫座的卓越演出，所費不菲；希望香港有商會能夠發起「香港藝術經濟基金」，集腋成裘，為香港推動創意經濟來集資，

否則，還是主要靠「政府錢」，則商業劇場產生的機會依舊很微。

❷ 香港「可接受水平」的舞台人才是足夠的，現在缺乏的，是更多的大師來領軍。不過，香港一百年來，是中西薈萃的地方，「洋為中用」，在其他行業，極為普遍；故此，部份節目可加進海外以至內地的頂級人物的互動，從而擦出精彩的火花。另外，部份作品為了市場和國情，內容可能要調整，但是，我們的舞台藝術界，又會否靈活適應？

❸ 在外國，要尋找外面的演出機會，藝團或藝術家一般會找「經理人」（manager）或「代理人」（agent）。經理人多是獨家的，他們為所屬的藝術家服務，在全球尋求演出機會；而代理人則以「件頭」形式，為藝團和海外劇院配對適合的節目。在香港，manager 和 agent 寥寥可數，沒有強力的中介人在運作，便很難推動香港作品外銷，故此，在這行業的發展前期，政府可以對中介服務補貼，鼓勵多些人願意入行。

❹ 最後，是我們舞台藝術產品在推廣和宣傳的老練，目前都不足，許多這些應該是「專業」的工作，仍是停留在「NGO」（民間團體）或業餘的運作水平。外訪演出，最考功夫是如何能夠把門票全部賣出，這真是一門大學問。舉例來說，內地的大型「商演」，要靠「大腕」（大明星）才賣座，香港很難用這方法打開市場，我們可否從市場學來看，針對具探索性的「民營小劇場」，成本較輕，先爭取及累積一班年輕忠實觀眾？

有人擔心，如果節目外演，誰會坐高鐵或飛來香港看節目？這個擔心，言之尚早，因為我們談及是兩類不同的觀眾：來香港看節目的一群，時間較為充裕，同時抱有旅遊的目的；而在外地

看香港節目的，以當地的大眾為主。如以節目來分類，香港節目如果能夠吸引外面的人專程來看的，應該是一些國際著名表演或本地「long runs」（長演）的節目。倫敦許多著名音樂劇，便是這一類 long runs，他們做了數十年，還停不下來；而我們出口的，應會只是一些在香港演出十場八場，然後可以在外面的城市，每個地方只有能力演一至兩場的那類，這些叫做「re-runs」（再演），Pavarotti 的音樂會，便是最成功的 re-runs。聽說香港有一個叫「綠葉劇場」，這群年青人在內地，也是這樣 re-run 經營的。

假若夢想成真，香港的舞台藝術節目，大大小小，終於「有手有腳」，可以經常往外面演出，它帶動的不單止是舞台行業的產業化，還帶動藝術運輸、保險和融資等其他相關行業，故整個社會得益者眾。

能「得道」，極不容易，要三世修行，五世為人，且看香港舞台藝術的台前幕後持份者，能否把握良機，在一番努力後，十年以後，「不雨棠梨滿地花」，在外國、在大灣區，都排滿香港的舞台節目。

# 年輕人創業基本法

經濟不景下，貧富更顯懸殊。

前年社會動盪，接着冠狀殺人王，年輕人都找不到工作。家裏有錢的，這樣告訴我：「媽咪説反正找不到工作，去 Boston 多念一個 master degree，回來再打算。」其他剛畢業的，不管商科、金融、文化藝術，求職信石沉大海，心急火燎，找我求救，問了十多主人家，都答：「先照顧在職同事，小夥子，吃吃苦吧。」

在未有疫苗之前，冠狀病毒，會長期肆虐，青年們應有心理準備：畢業等於失業。沒有儲蓄的，散工、腳夫、苦力等工作，「秒殺」答應吧。近來，在街上，看到廿來歲的拿着 foodpanda 紙袋忙送外賣，八卦心起，問小弟多少錢一遭，他説：「駕電單車和走路的，待遇不一樣，數十元一次。」我鼓勵：「按次交易，好聚好散，白天出汗，晚上有飯吃，不必自慚形穢。」

最叫人啜泣的，是三十來歲的世侄，滿腹經綸，突然加入失業大軍。我開玩笑，像王婆上身，有污耳目：「你眼前有五條路：趁尚算糯米小鮮肉，釣一個富家女，『嫁』入豪門做駙馬；第二，未來一兩年不買衣服，睡衣褲居家，父母的冰箱準有一罐豆豉鯪魚，給你偷生；第三，『馬死落地行，頂硬上』，轉做體力勞動人民；第四，投機炒賣廁紙、消毒水都可以；第五，創業！」

他嚎啕：「創業？開玩笑嗎？」我説：「你們幸福的一代，首次嘗到人生的『苦瓜』，這磨練，絕對不是 poisoned chalice。

以七十年代為例，十萬個年輕人，只有一千多個可以進入本地的大學，其他出來社會浮沉、蛙撥、狗仔式，甚麼都有，卻造就了一大批創業人才。我們成績好的，反而獻身公務員或專業人士，而創業的一批，卻當了大老闆。有一句話『行到水窮處，坐看雲起時』，失必有得，別給命運戲弄，鼓起勇氣，『玩殘』命運！」

世侄不服氣：「香港租金、人力、其他成本，甚麼都貴，如何創業？」我沒氣：「既然你都投奔怒海，就代表經濟不景，這些成本的價格，必然在未來日子，會逐漸下降，當別人恐懼時，正是你的機會！」他追問：「萬一創業失敗？」我翻白眼：「矽谷有一句話『創業失敗三次才見瞄頭』，如怕失敗，趁還未有人拿槍逼你之前，快走吧。」

從前的創業家，有兩類人：有些是不甘於「打死一世工」，要往外面闖闖；有些從內地來了香港，沒有學歷，或是學歷不受承認，「打工」都沒有僱主要，故此自立門戶。兩者都有一個共同點：創業資金靠辛辛苦苦儲蓄回來。當然，那時的創業好處是

成本較輕，但是，今天青年人不能只喊時不我與，其實，此刻有以下五個現象，比當年優勝：

❶ 數十年前，父母都是窮的，如果你像歌星張震嶽唱：「爸爸，我要錢……」他會賞你一記耳光；現在，難得許多爸媽都有「米」，當然，借了他們的錢，記得要還，還要送上一吻。「靠山吃山，靠海吃海」，沒有頭髮便做和尚。

❷ 以前做生意，單是搞辦公室已經煩死，簽兩年租約、裝修，還要付電費、水費、管理費；現在，滿街都是 co-working spaces（共享空間），帶「一片」薄薄電腦走進去，便可以初嘗創業，輕鬆得像羽毛。

❸ 八十年代，許多人要「養家」，肩膊上躺了父母、老婆、孩子，甚或老婆的父母，一家人數可以踢足球。那時候的人又早婚，加上房貸，經濟負擔喘不過氣；現在，隨隨便便找到一噸不用養家的單身朋友，合作「起錨」容易得多。

❹ 數十年前，香港政府是窮的，哪個創業家不是兩個拳頭，單打獨鬥；今天，「官富民窮」是現實，但政府不賴，成立大量支援基金，各行各業都有，例如創意界，便有基金給年輕人創業，聽說可拿五十萬以上。最奇怪是有人說：「政府的表格太複雜！」小小的困擾也如天塌下，這類人不宜創業。

❺ 由於資訊科技的突破，許多商業交易可以上網直接進行。「去中介化」（disintermediation）是世界大勢，不像以往，零售找批發，批發找代理，代理找外國批發，外國批發找廠家，這些關係，要十年八載才建立起來；今天，誰要受制於人脈和架構，只要利用 internet，創業容易又省錢。朋友的兒子在加拿大，在網

上轉售玩具，來來回回，已賺夠生活費。

不過，社會是虎豹的聚居地，他們從小就「立志」做壞事。做生意，利益所在，碰到這些壞蛋是必然的。壞人有六類：❶「賊」，這些人有膽量直接偷拿；❷「騙子」，這些人不誠實，大話連篇；❸「狐狸」，這些人設下圈套，讓你損失慘重；❹「古惑仔」，這些是機會主義者，一年「搵工跳槽」數次的，多是這類人；❺「吹水怪」，力有不逮，卻口水花四噴，看勢色不對，便立刻消失；❻「懶蟲」，當下這問題非常嚴重，如果又懶又低能的，世人叫「一 pat 屎」。

菲律賓人説「人生必碰到最少三個壞人」；怕被傷害的人，不宜創業，那些交了痛苦「學費」，仍能倒頭大睡的，便是天生創業的鬥士。

創業之前，當然要計劃籌謀，古老理論叫「5P」，必須就創業所涉及的「5P」想清想楚：即 Product（產品）、Place（市場）、Price（價格）、Promotion（推廣）、People（班底）。考慮每一個「P」的時候，要問以下 4 個問題，叫「SWOT」：❶ S（strength，強項在哪裏？）❷ W（weakness，弱點在哪裏？）❸ O（opportunity，機會在哪裏？）❹ T（threat，危機又在哪裏？）。

我覺得四個股東最為理想：一個管行政和財務、一個管市場、兩個管專業；因為三個股東，容易出現「二對一」的對抗局面，而「二對二」，股東間可以互相制衡，在未有共識，可拖慢衝動的後腿。

我們創業的年代，崇尚「個人英雄主義」，但今時今日，講求團隊分工合作，大家各有所長，「一人計短、二人計長」。再者，

現在的小生意，常要 100 萬或以上的資本，多些股東分擔，則把風險減低。記着：能賺多少不是一個問題，蝕錢卻是「大件事」；首次創業，常見的致命傷是估計錯誤，所以「不蝕當贏」，是良好態度。

創業過程中，我不贊成一步登天，應該有下列三個演進過程：

❶ 「賊佬試沙煲」

這句廣東話的意思是先試探自己的實力。有三個方法：上集資網站「Kickstarter」，把創意大計説出去，看有多少支持，有人擔心被抄襲，但是事敗事成，重點在執行，不只在概念。第二，如是賣東西，先把產品放上網，試探市場反應。第三，找潛在客戶，説出鴻圖美夢，看有多少個承諾會「幫襯」；假若強差人意，世侄們，抽薪止沸吧！

❷ 「擺臨時檔」

成立「公司」，有兩種結構：一個是「個人無限責任」（unlimited personal liability）單位，第二個是「企業有限責任」（corporate limited liability）。先説第一種，它的成立很簡單，去政府的「商業登記署」，填妥一份表格，寫明誰是股東、業務性質、經營地點等，當取得「商業登記證」（business registration certificate），便可開業；不過，壞處是所有經營的債務，由股東個人負責。舉例，如公司欠了供應商數十萬元，無法償還，你便有破產之危。

第二種是成立「企業有限責任」，手續麻煩，成本又高，創業初期，未必會有大買賣，一切都是小試牛刀、朝搭晚拆，故此用「個人無限責任」這種簡單方法，就算經營失敗，只要向商業登記署取消登記便可以，核數師也不用聘請。

**❸** 「成家立室」

英文叫「limited company」，如對外欠債，公司可以清盤解決，股東沒有個人責任，但是成立手續非常麻煩，要向政府的「公司註冊處」申請。「有限公司」分開四個層面：**❶** 股東，即公司的老闆，一股一票，股權多便是「話事人」**❷** 董事局，董事是公司日常運作的「負責人」，一個人，只可有一把聲音 **❸** 公司「章程」，即公司運作的規條，違反章程便有法律責任 **❹** 專業人士參與，包括會計師每年核數一次、公司秘書則每年向政府呈報公司資料等。

生意未有規模前，不建議使用「有限公司」，因為程序和法規麻煩，真的「未見官先打三十大板」；不過，當股東過世，「個人無限公司」便要結束，相反地，有限公司可以世代永傳，是事業的正統結構。

作為律師，我看過很多公司出事，除了經營不善，便是財務管理出了問題。創業一開始，應找會計師坐下來談談，如何設立財務制度，例如銀行提款要兩個人簽字、開支要有 voucher（出數紙）、所有入賬要出 receipt（收據）、收到銀行月結單要做 reconciliation（核對）、月底要做一份 P/L statement（盈虧報告）等。如果七老八十才創業，肯定煩得頭髮也抓光光，年輕人，頭髮濃密得像髮菜，怕甚麼？

弟子們說：「以往吃好飯，今天吃白粥，怎辦？」我笑：「把煮粥的米，變成四分一碗的飯，便是創業家的鬥志。既然不想吃粥，要吃飯，就要變則通，哪管只是一個小飯糰。」

天下無難事，只怕你是否有心人？

# 網路會議新「宅經濟」

走在前面，被獅子吃掉；走在後面，也可能被獅子吃掉。獅子到底躲在時代的前端或後面？

九十年代，律師樓的一個見習生告訴我：「香港的空間有限，我想去深圳發展。」問他公司的名字，他說：「剛起步的公司叫『騰訊』。」當年，深圳街上是農村來的「農民工」，還有光顧「足浴」的港客；今天，見習生已成科技城市深圳騰訊的重要高層。也在九十年代，一位前輩告訴我：「香港法律容許『水貨』存在，有一家日本百貨剛結業，我打算在那裏開一家大型化妝品水貨店。」結果他比時代走快了，最終失敗；今天，因為遊客湧增，大型水貨店卻滿街都是。

事事如棋局局新。Online conference（網路會議）將是時代的下一巨浪？你會在它的前端或後面？灣仔展覽中心說「豈有此理」；「Zoom」說「好戲在後頭」。

自從冠狀病毒肆虐，除了「社交距離」，還有「入境限制」，我的許多工作會議，變成網上進行，真的全新體驗，大開眼界；此外，有些朋友不能飛來香港參加地區聚會，活動變成網上進行。今次疫情，徹底把舊有生活秩序「破壞」，以往大家認為「面對面」是最佳的溝通方法，抗拒網路會議；現在，大家覺得它原來有眾多好處：快捷、節省成本、安排彈性、參與更輕鬆。網路聚會將變成世界大趨勢，不過，我還是喜歡「坐着面對面」的會議感覺。

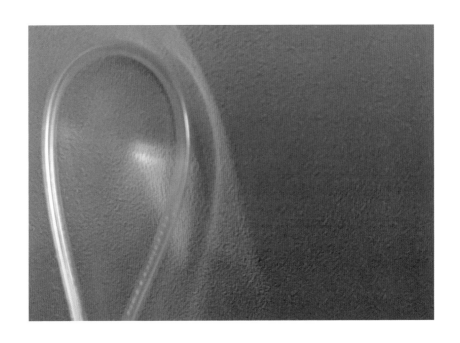

　　我和網路會議製作主持人關宛凝聊天，又再問過其他朋友，得到一些基本貼士。以前開會，視像工具是配角，當客戶不在香港，才用視像會議；今天，大大小小的會議，大家趕用電腦進行。現在的網路會場，全是小格子：「一格格」的分區，「一格格」的人頭；我們從實體進入了網上的世界。開會前，要認識的地方，不再是會議室，而是電腦軟件 Zoom、Zoho Meeting、Google Hangouts、BigBlueButton 等的使用。許多人做夢也想不到，可以躺在睡床，參加會議：鏡頭只見到頭部，下身卻穿着睡褲，赤腳搖腿，多麼好玩。

　　參加 online conference，我的「小豬」軀體，對着網上的小

第一章
心談心

格分類、模糊的畫面、斷續的聲音，會議完畢，眼、肩、腰、手指全都痠痛，還覺得自己網上的樣子很醜。不用為我擔心，很快可以是 3D 加上 VR：當我的虛擬身體進入會場，就好像現實世界一樣，穿房入室，進出 track（通道）、reception（招待處）、booths（攤位）、hall（大堂）、media centre（媒體中心）、breakout rooms（討論小室）。我會找設計師，畫出一個完美的我：黃曉明的面孔、彭于晏的身材、Tom Cruise 的牙齒、姜濤的年紀！

話又說回來，將來會否全人類都網路會議？那又不可能，許多人依然喜歡現場活動的感覺，不過 hybrid（混合式）是必然的，有些人會到現場，有些人只網上參與，各適其適。去不了現場，投射一個 hologram 人像在台上演講吧。

有位朋友告訴我，她的行為有五個身份：媽媽、太太、女兒、媳婦、律師；做人，大家像「百變梅艷芳」，挺辛苦的。在網上，何嘗不是？我們有四個虛擬分身：一個是「文字體」、一是「聲音體」、一個是「圖像體」，最後一個是「視像體」。不同分身，有不同的互動要求。網上的文字（如用 WeChat），要簡短和生活化，如你堅持用「正規」語句，甚至 emoji 也不用，別人覺得你是怪人。有些人則不喜歡是「文字體」，常用留言溝通，那便要小心你的「聲音體」，說話要動聽、簡潔，語氣有高低，不能結結巴巴，避免懶音和呼吸聲。年青一輩，則經常傳遞相片作為留言，要小心「圖像體」，相片要照顧形象，面部表情更代表你的性格，莫令人生厭，或濫用「美圖」工具，把自己改為「整容嬌娃」。如果參加 Zoom 的視像會議，你的「視像體」全部展露人前，除了樣子和聲音，別人會觀察你的衣飾；當然，行為舉止，全部只

是一個「小格子」的事情，要修飾，不太困難，例如是專業人士，起碼穿上一件外套，才予人得體的感覺。

有些人不喜歡視像會議，因為看不到一個人的 360 度，感受不到實質，而那個「小格」，包含極多掩藏，不過，在虛擬世界，真假錯對已經很難有界線，當然不是叫大家「造假」，而是通過一些小方法，在「格子」內，表現自己既真實而又美好的一面。比如你要網上見工，怎可以不先滴點眼藥水，讓眼睛明亮，然後說話時，眼神刻意對準鏡頭，使對方感受到誠意。

在實體會議，拍掌是正常的反應；但在視像會議，如果你拍掌，大家的耳朵便受罪，何不打入一句讚美？反而更「貼地」。此外，在網上大家看到只是頭像和及肩的衣服，下半身穿甚麼，誰管你？網路會議的好處，是可以節省打扮的費用，可是另一方面，web call 時，總要花點錢在 setting（佈景），例如掛一幅代表你品味的畫、或放一盆花，移走不相關的文件檔案；最後，購置優質的電腦、迷你 LED 補光燈等等，都不能吝嗇。

主持視像會議的你，必須留意兩點：第一，經常關注和照顧大家，例如接收清楚嗎？第二，在 chat box 打字扼要地重複要點，把大家散漫的注意力集中起來。

法律上，網上開會說話要謹慎，因為會議會被錄影，如真的要說一些敏感的話，記得加一句「以下是保密的，不得作為任何呈堂證據使用」，這樣，法律上便保障自己。

我對網路大型活動的未來發展非常樂觀，因為它是「MICE」（M=Meeting（聚會）、I=Incentive（獎勵旅行）、C=Conference（會議）、E=Exhibition（展覽）經濟的新方向，

香港人既懂中文、又懂英文，加上有國際視野、良好的行政能力，這個新行業的年輕人，必定碰到良機！

自從 2007 年第一代 iPhone 在美國發售，我們已預計到人類的生活將會天翻地覆，大家一天比一天依賴電腦和手機，到了一個「染而不淨，迷而不覺」的沉溺年代，但是，我們有能力推翻「科技控制人類」這現象嗎？現在推崇的「社交距離」，更讓宅男和宅女聲稱打贏了這場文化戰爭。今天，「人人齊上網，識電腦好過識朋友」的新哲學，已主宰大地，更可怕的，是我們害怕「人」。因為「人」會帶病毒，就算我這「老人家」，也漸漸不想和人交往，孤獨原來是正能量。六根清淨，我愛用口罩，更愛消毒水，參與網上拜祭，多麼方便，交通費用也不必花。我渴望機械人年代早點來臨，照顧本人日常生活，你看：泰國的機械人可以量體溫、中國的可以送餐、美國的可以在街上送遞、丹麥的可以打掃地方。

聽說全球的大學在競賽，要設計出最好的 online course（網上課程），以便宜又快捷的賣點進佔新教學市場，恐怕未來二、三流的大學經營更加困難。我的一個廣告界朋友告訴我，由於疫情影響，他們已研發了一套遙控的攝製模式，反應極為良好，大家以後再不用東飛西跑，即使躲在辦公室，也可利用先進的遙控技術，不同國家的團隊，即時指揮某地的廣告拍攝現場。

我們追求冷冰冰的快樂：不想見人、不想靠人、不想做人、不想活在自己的「真人版」。世界改變，未來是充滿希望的新世界？還是人類變成悲慘的編碼系統？誰都不能改方向，更遑論食「回頭草」，只好循着這個荒誕的人生，愈走愈遠……

一失足成千古恨。

# 財富的七種故事

電視圈人聚會，話都在行；新聞報道：舊同事「肥肥」沈殿霞 2008 年離逝，她的遺囑規定女兒鄭欣宜到了 35 歲，將繼承 6,000 萬的財產，欣宜這筆錢快拿到了；於是言人人殊，談金錢的哲學。

性格，是調皮的天意。我的家人，成長環境一樣，但對生活，不同風格：一個不享受賺錢、不享受花錢；另一個喜歡賺錢、不愛花錢；第三個不喜歡賺錢、卻歡悦於花錢。我愛花錢，也享受賺錢；所以沒用的東西，一大堆放在家，天呀，東西有翼，訴說逝水陳年。

香港的「錢」有三大特徵：港幣和美元掛鈎，我們「銀紙」價值的升跌，受美元高低影響，美金跌價時，超市的東西立刻漲價。我城沒有外匯管制，別國的貨幣都可在香港買賣，小市民喜愛「炒外匯」。還有，花旗銀行調查報告：香港的千萬富翁中，73% 的資產來自房產，所以，有房才有富，當房產不合理地升值，財富和努力工作無關，這是社會的畸形。

最近消息：因為入不敷支，申請破產的人愈來愈多，一年快一萬人，年輕人居多，多可怕。

打開電視，鋪天蓋地的「財務公司」廣告，説：「多借錢，夢想便成真！」鼓勵年輕人吃喝玩樂，先使未來錢，邪惡得很。財務公司如販賣人口，把人們從自由世界，送去金錢奴隸的地獄。

中國人的「道」，是對事物的概括；循環往復，「周行而不殆」，讓我分享「錢」的道理和故事。有一律師坐船渡河，他大談開船的安全守則，突然，一陣風吹翻小船，船夫幸好游上岸，律師卻在水中掙扎大叫：「其實我不懂游泳的！」

**❶ 錢只是車，你才是司機**

這句話，別人說過。錢，如一輛跑車，可以送你去目的地，沿途，別人艷羨，但是分秒要打醒精神，一不小心，便車毀人亡。如果跑車是借來，「先花未來錢」，更可悲。

有錢，不懂說「不」，是最危險的，例如亂花錢；最笨是為了向朋友炫耀而亂買東西。謹記：值得驕傲的，是你的品格和智慧，而懂得欣賞你這方面，才是有「營養」的朋友。第二，小心受騙，從前，我也曾給律師朋友借錢，跑走大數目。專業界也有壞人。

客戶借了錢給一位疑似淑女，追她還錢，她說：「我買了許多衣服，你可以拿走嗎？」悲涼的笑話。

揮霍偶爾為之，是獎勵自己，長期這樣，便成毒癮。

**❷ 錢用在善舉，是積福**

有一位朋友說：「好人好者，不會問人借錢，除非大病入院！」於是，別人沒錢做手術，這朋友從容就義，立刻寫支票。我祝他晚景幸福，他笑：「救人一命，勝造七級浮屠。」

不過，太多騙案，特別在街上勸捐的「戲碼」，壞人的演技特別好。

另一朋友很好玩，他說：「捐款，怕受騙、怕善款浪費在行政費用上。」他認為：「刺激經濟，讓更多人受惠，總比只幫助某些『社群』更有意思。」他常往小商店購物，特別是貧窮區的

陋店，隨便買十多箱速食麵，轉贈他人。這是他「花錢做善事」的方法。

有一金句，叫「Money is like muck—not good unless it be spread」（金錢如糞肥，撒向大地才有意思）。

眾多做善事的名人，最敬佩是前立法會議員何世柱的家族，他們捐了很多錢，卻潤物無聲，走了的何耀光老先生說過：「假如香港沒有愛心的話，這個社會只有自私和傾軋，又憑甚麼力量有所改進？」

**❸ 不是自己老老實實賺回來的錢，會帶有孽**

人口老化，上一代的，紛紛逝去，我們律師群走在一起，有說不盡的「家庭爭產」故事。

甲說：「老人家一年改一次遺囑，還通知各人，因為看穿子女覬覦着他的遺產，既然如此，讓他們殷勤照顧，藉此見孫兒，開心的也是自己！」

另一人，超級騙子，賺不義之財，結果，兒子自殺了。「天理」和「報應」有道，大家要相信，傷天害理得回來的金錢，只會帶來惡運。

財富與細胞，自己天然長出來的，才會健康有用，貪圖家人或別人的錢財，猶如把外來的「胎盤素」打進身體，會惹來癌症細胞。

**❹ 「三擁」便足夠**

年輕朋友問我：「財富到了哪程度才算足夠？」

我答：「貪婪是無止境的消耗，到頭來，沒有時間快樂過，故招餘殃：死的時候，自己是空洞的銀行存摺，還擁抱着一大堆遺憾進棺木。」

財富，滿足到三件事便算，再多，除非「搵銀」是你的嗜好吧，否則，應該放慢腳步，感受人生另一些美麗。第一件事，是買到安居之所；第二，買入水電、電訊等「公用股」，可以投資收息，晚年足夠平淡過活；第三，手頭有一筆現金，隨時應急，例如醫療費用。如你達到上述水平，仍不滿足，想擁有更多，那便是「不知足」。

朋友取笑：「擁有一個老婆，比擁有上述三樣東西更容易！」

**⑤** 最高境界：死前可以花光財產

有朋友患得患失，擔心儲蓄不足夠，兒子將來沒錢買樓，我問：「還有四十年後，孫兒的結婚費用，怎辦？」兒女本來是快樂的泉源，卻變作擔挑。何必呢？

一位名大律師為了觀賞佛像，在落後的國家買房子，作為朋友的我，緊張起來：「你將來如何把物業賣出去？死後，誰來為你在那裏辦理遺產手續？」這前輩翹起二郎腿：「管它，我今天好好享受過，到走了，煩惱自然有人來清理！」

認識一位文化人，把房子賣掉，搬去北角的「富貴老人院」：只需付一次租金，便可以住到百年歸老，他說：「不用擔心房子將來如何處理，現在把它『套現』，未來日子，千萬元拿來大吃大喝。」政府推行「逆按揭」（reverse mortgage）：又叫「安老按揭」，借款人把房子抵押，然後在有生之年，每月收到一筆養老費，借款人死後，房子才被變賣，抵償欠債。

另一名商界前輩很早便退休，異常幽默，他說：「只要『飽』了，便要退下來，否則，面臨三大困境：我阻擋下面同事的晉升機會，會被人詛咒『生孩子，沒屁股』。還有，為了保護自己的『皇位』，便要打倒其他同事，雙手充滿血腥。當我不再『為錢而活』，自然看不起渾身銅臭的老闆，何必天天演戲，快告老歸田，採菊東籬下！」

我回應：「老兄，香港也有善長仁翁，人走了，錢卻花在推動香港的文化和修養；如利希慎基金、何鴻毅家族，後者相信：萬物要『互助互進』。這些賢達離開了世上，情操卻流芳百世。」

**⑥** 「炫富」代表你膚淺，沒水準

有一時期，我常常飛日本，參加商業活動。日本律師告訴我：

這位是甚麼企業的始創人、那位是甚麼大亨的太太。但是，日本的富貴人家，打扮樸實，溫文爾雅，男的衣着永遠是 grey tone，女的 in pastel，沒有奪目的名錶，沒有耀眼的珠寶，愈有錢的人，愈虛懷若谷，「夾着尾巴做人」。律師解釋：「Japanese do not want to stand out from the crowd. Ostentation is to be avoided. We should not be conscious of being rich ,whereas wisdom and virtues are the real pride（日本人不愛突出自己，炫耀更不必，值得驕傲的是一個人的智慧和品德）。」可惜日本年輕一輩，也漸漸失去這些美德。

香港從「難民城市」到了今天的金迷大都，缺乏修養沉澱，暴發戶特別多，大小宴會，都是「炫富」的機會：衣服、飾物、打扮都 bling、 bling，最荒謬的，有些名媛去喪禮，黑色衣服也要 fashion 一番。

中國人的品德，是儒家所説的「溫、良、恭、儉、讓」；其中「儉」的意思，是「去奢從約」。星雲大師説過：無論多富有，不要崇尚享樂主義，要回歸「清貧思想」，在心靈中找到富有，而不是外在的皮肉掛件。

現在，大家羨慕有錢年輕人，叫他們「富二代」，以前，社會鄙視這些「子憑父貴」的人，叫他們「二世祖」。拜金主義，正荼害香港年輕一輩，而賺不到錢的，便心存怨憤，成「暴戾一族」。

**❼ Don't lose the things that money cannot buy by making money to buy**

這流行名句，大意是耗盡精力，賺錢來買一些根本是錢買不

到的東西，例如時間、幸福。

物極必反，當香港成為一個「見錢開眼」的壓力城市，有些年輕人，追求金錢以外的平衡，例如「work / life balance 工作 / 生活平衡」、「低慾望男」、「悟世代」、「佛系青年」、「DINK 客族」，他們勢力龐大，未必是壞事。

想起兩個故事：旺角有一位賣報紙的婆婆，生活刻苦，不多花一毛錢，她把畢生積蓄的十多萬隨身帶着，可是有一天，錢給偷了，她痛哭，過去的生命白捱了……

我念英華書院的好校長 Mr. King 問我們：「有人給你每月十萬元，條件是終生要在某廁所賣廁紙，你願意嗎？」當時，同學都舉手答應。回頭一看，慶幸那時候沒有人真的給我這份「屎坑姑」合約。人生的可口果實，俱和收入無關。

在香港，人們常用「金錢」來錯誤地把別人分類：有品味和沒品味？值得尊敬和不值得？高級和低級？剛看了一則報道：「莫文蔚穿戴千萬首飾參加頒獎典禮，氣派不凡、引來艷羨……」另外，「溫碧霞在豪宅大廳內騎馬，有錢真好，可以任性」，這些報道意識不良，把「價錢觀」（price system）顛倒為「價值觀」（value system）！

你問我，為何有這些毒針？我告訴你：孩子的家長和傳媒。有人格的，要向某些事情說不。

土氣也得説：「金錢不是萬能，也不是萬惡」，在乎你有沒有智慧去思考，直線是物質慾望，橫線是精神快樂，如何走到合理的交接點呢？

# 悲傷在困擾你嗎

我的脆弱，是你不明白的痛。

有人一覺醒來，滿眼通紅，原來眼睛血管爆裂，幾乎盲了。有朋友打球，驗出腰骨破裂，下半生不能運動。

生命，包括生理和心理，如威化餅，本來脆弱，只不過有人「出事」，有人沒事；健康的你，該感謝幸運，珍惜眼前，切勿歧視傷殘人士。傷殘，包括精神健康受損的，需要大家打氣，送上尊重和關懷，這樣，香港才溫暖。

近來，我的偶像竹內結子懷疑患有「產後抑鬱症」，自殺身亡，我呆坐了半天，還記得她的電影《藉着雨點說愛你》嗎？年輕男子喪妻，她死前對兒子不捨地說：「翌年雨季到來的時候，媽媽一定會回來探望你。」結果，媽媽真的回來，飾演偉大媽媽的，便是竹內結子。大家感受到嗎？如生孩子這件普通事情，也會導致抑鬱症；精神和情緒病，時刻襲擊我們每一個人。當神經和心理系統出了毛病，我們的認知、思考、行動和情緒四件事都受損。

數年前，我的工作壓力很大，本來值得開心的事情，進入了腦袋，依然不快，我立刻請教別人，於是學會原諒「壞人」的劣行，才漸漸放鬆。有位朋友的孩子，經常騷擾別人，無法乖乖聆聽，後來小朋友去看醫生，發覺患了「過度活躍症」。

以上的不是天方夜譚，是發生在你我他的故事。精神病的形成，如其他疾病一樣，有外在和內在的成因，內在例如是遺傳，

外在可能是家人離逝或受挫折。精神健康「病」了，是每個人都會面對的風險，有些人害怕嚴重精神病患者，怕他們傷害別人，其實精神病發，是有過程的，而且，他們大多不會攻擊別人；想想：感冒病毒也會傳染別人，起碼精神病不會傳染。朋友的兒子長大了，他們夫妻想做一件好事，收養了一個低智商的女孩，如骨肉般看待，這樣相比下，我們變得渺小？

　　前年，我答應了政府的一份委任挑戰，差不多每個星期一次，要花早上半天，去香港的精神病院，如青山醫院、葵涌醫院；或精神病監獄，如小欖精神病治療中心，或一些有權「羈留精神病人」的醫院，如九龍醫院、東區醫院，根據法例，聆聽及裁決被強制治療的患者可否釋放，委員會叫「精神健康覆核審裁處」

（Mental Health Review Tribunal），一起工作的，還有精神科醫生、社工、心理專家等。最初，我擔心是否勝任：因為每星期半天，除了花時間，還要面對傷感的個案，病人無奈、家人傷心；但是，經過一番掙扎，終於答應了，因為我今天所擁有的，都是社會賜予，應該回饋我的家，特別在香港，有數以萬計的病患者。

　　工作快三年了，發覺「得」比「失」的多。我從精神科醫生、社工、心理學家口中，學會了醫學和社會知識；好奇的我，現在變得更「貼地」，連香港各類的「社福宿舍」（welfare homes）的入住條件都清楚。此外，我幫助了很多精神病患者，雖然審裁處的主要職權是決定病人能否出院，恢復自由，但是，審裁處可以給予其他意見，我作為主席，在得到委員的支持下，會作出一些建議；而醫院的醫生和社工非常配合。例如，家人反對病人離院後，入住護理宿舍，但是，醫院可否安排這些家人，先看看宿舍的環境，才再決定？離家多年的院友，以往獨居的地方已被人佔住？社工可否調查，向院友報告，讓他安心？有些住「劏房」的，連如何申請公屋也不懂得，醫院可否介紹那區的社工，幫忙他們填寫表格？作為病人的，憂心忡忡：病情會否惡化？何時可出院？藥物有副作用？家人的近況如何？財產如何處理？將來，可以回家或要住宿舍？可否找到新工作？如何面對世人的奇異眼光？

　　每次看見患者，我懷着的態度，便是「將心比己」，假設自己也病了，想得到甚麼支援呢？腦袋常常走出一大堆「平衡木」，如何平衡醫療需要？病人的意願？家人的想法？社會的保護？制度的約束？最頭痛是遇到頑固的病人，連合乎自身利益的安排，也會拒絕，例如有些院友，藥都不肯吃。香港的醫療原則是「民主」

的：凡病人拒絕的，不能強加。我面對院友時，曾苦勸：「請不要太固執，這裏所有人都想你康復，你要聽醫生的勸告，重拾正常生活，好不好？」另一番話是：「樂觀點，只要加油，美好的一天必重臨身上！」當然，有些事情未必會發生，但是，有了信念，天空會藍一點。

工作完畢，返回鬧市，重見「正常人」的面孔，原來，「正常」可以破壞人的應有道德，不是嗎？的士站有人不排隊，還惡言相向；地鐵車廂內使用手機，不關喇叭，強迫乘客聽他的音樂，還怒目對着勸止者大吵「關你乜事」；在公眾地方，有些人滿口穢語，「性器官」粗話衝入耳朵；在街道、商場撞到別人，不會道歉，還罵：「阻住晒！」這些「行為暴力」人士，對我們日常生活的威脅，比精神病患者更嚴重。

最近，由政府牽頭推動一個叫「陪我講 Shall We Talk」的宣傳運動，旨在推廣大家了解精神健康，消除社會歧視，這計劃邀請了陳奕迅（Eason）擔任宣傳大使，並把他的經典名曲《Shall We Talk》作為主打，我最喜歡的歌詞是「如果心聲真有療效，誰怕暴露更多，你別怕我」。Eason 透露在 2012 年完成巡迴演唱會後，曾患上抑鬱症。聽說智商 140 以上是天才，最低的，25 也不到，專家朋友告訴我：智商低的人最雀躍的是「有得吃」，所以，當我們和弱智的院友溝通，看到護士有時候手拿着餅乾，誘導患者開口，除了吃以外，「表達」便是人類最大的渴求，所以，「Shall We Talk」這句話，很有意思。

快樂的要分享，痛苦的更要分享，把事情說出來，有四個好處：混亂的思緒，有機會整理一下，更了解自己的心結；當悲傷吐出後，

人，也輕鬆很多；還有，你願意和別人坦誠相處，別人也會這樣回敬；最後，當解決問題的能力有限，告訴朋友後，他們會幫忙。正如見我們審裁處的院友，不願意開口的，我們幫助無從，但是，願意「talk」的，大家便積極支援。

精神病當中，最難處理是 psychosis（思覺失調），患者精神分裂，會聽到怪異聲音，不能分辨甚麼是幻覺，甚麼是真實，專家告訴我，這一種病，往往發生在青春期，一個可愛的孩子，突然在中學時，行為變得古怪，為了怕別人嘲笑，家長諱疾忌醫，白白浪費了醫治的黃金期。

我們生活中，常見精神健康問題，還有六大種，大家要多加留意：

❶ autism（自閉症）：例如有表達的障礙、對事物強烈執着。

❷ bipolar disorder（躁鬱症）：情緒游走於亢奮期和抑鬱期，患者突然情緒高漲、脾氣暴躁等。

❸ anxiety disorder（焦慮症）：患者會恐懼，對未來或某些事情極度擔心。

❹ depression（抑鬱症）：例如情緒持續的低落，不想做任何事情，未能入睡。

❺ mental retardation（智能障礙）：有些是發育遲緩、有些是因交通意外或吸毒（毒品含劇毒，傷害中樞神經，不能碰！），腦部受創。最傷感的是一些從二十來歲起，已毫無自顧能力，餘生在精神病院度過，蝴蝶窗外飛過，永遠不能出去捕追。

❻ ADHD（過度活躍症）：小朋友容易衝動和失去專注力。

精神健康問題，林林總總，如任何疾病一樣，可以時刻發生

在我們身上，有人以為精神病人，一定「拿着掃把通街叫喊」，這是誤解。

如患了精神病，除了藥物和心理治療，重要的是家人和朋友的關懷，愛，如下雪冬天的一杯薑茶。最可憐的情況，但也經常發生的，是有些院友以為出院後，家人會願意照顧，其實家人南轅北轍，只想他們長期住院。最難忘的開心事件，是一位院友的弟弟準備接哥哥出院，還為他買下新房子，他說：「哥哥沒有患病之前，又聰明、又勤力，我今天的成就，都是哥哥幫忙的，就算我不吃，也要照顧他一生一世！」

做了審裁處工作後，最大的感受是「感恩」：感謝上主，讓我每天正常思考、有工作、坐地鐵、睡覺、看電影、可以認得回家的路、知道所愛的你是誰……

如果我的文章能夠打動你，請你做三件容易的事情：不要再惡意標籤精神病患者，叫他們「黐線」；如果朋友或親人出現情緒困擾，立刻擔任一個聆聽者，耳畔輕說「來！你並不孤單。」；最後，鼓勵病患者及早求診或找社工，避免病情惡化。

絕不輕視關懷的力量，我看過別人的高高低低；人生的不平凡，往往由看似平凡的東西所改變。但當人心走歪了路，反面說成正面，所謂『正常人』，卻往往把別人推落創傷深淵。Shall we talk？

# 失落中，仍有樂觀處

越南北部的人瑞説：她活命百年，因為樂觀。

全球都感染新冠肺炎，這種病毒沒有解藥，生死與否，在乎個人抵抗力。生活、工作、念書、做生意、出入境，無一不受影響，疫情是否受控，還要看 7 月的夏天。日子流長，怎能沒有一次感冒，如果發燒，就算是杯弓蛇影，準被嚇得半死。

目前，大家甚麼都不敢做，更不敢想，過了一天又一關，但當脱下口罩，想一想，今次的壞事是否有「好事」成份？今次 COVID-19，其實帶來了七個值得香港人思考的題目；反思有所得，一切不必悲觀。

**❶ 衛生**

年紀大，跑的地方多。老實説，香港人在個人和公共衛生的行為，仍未達標，很多人要求低、又自私，多少街道、溝渠、家居、廁所、廚房，還是髒兮兮的，不少人隨便在餐廳打噴嚏、在郊外拋垃圾。經過今次的災禍，很多香港人乾淨了，但是頑石仍在。昨天去了康山一家百貨公司的 food court，在疫情嚴峻時候，兩個廚師小解後，竟然不洗手，走回攤檔處理食物；而有些餐廳，冥頑不靈，廁所依舊沒有洗手液；外國回來的，還通街走。

有宗教信仰的，認為今次炎疫是一個信息，對人類提出警告：大家不能再污染大自然、殺害野生動物、弄污生活的環境、衍生細菌病毒。那些常常掛在口邊，説「大菌食細菌，細菌當補品」、

「該死不該病」、「又不是自己吃，關我屁事」的人，要改變劣根性，重新做人。

有句話叫「有危便有機」，今次 COVID-19，給了這些人痛定思痛的機會。

**❷ 家庭**

小時候，香港人生活簡樸，閒錢不多，沒有諸多理由留在街外，黃昏過後，一家相聚，吃飯聊天，七時，電視播放流行劇《啼笑因緣》來伴菜；十時多，就上床休息。後來，經濟「發達」，家裏不作久留，我的阿姨常說：「家裏有蟻嗎？」大家晚上樂在外面應酬、喝酒、購物、去健身房；家，只是睡覺的地方，家人溝通也靠手機，晚上十二時的銅鑼灣，熙來攘往。我參加婚宴，和女侍應聊天，她說：「我住新界，待會酒席完了，回到家，接近零晨一時，孩子們都睡着，到我明天醒來，他們又上學去了。」多少人過着「有家恍似無家」的生活？

昨夜往商場蹓躂，只不過是九時，店舖關門，人們趕回家，早點和家人相處。一個家，頓時溫暖起來，好像回到七十年代般親密的生活；人窮，但是蝸居是避難所，關懷滿溢。

COVID-19 讓香港人思考，以往的日子「忙、盲、茫」，我們想賺更多的錢讓家庭快樂，但更多的錢反而讓家人關係疏離，到底金錢和家庭幸福，今後如何平衡？

**❸ 新經濟**

思考出路，對香港人而言，委實太重要了，我們常常以為「香港是國際金融大都會，別人就會拿着鈔票上繳」，這想法變得「離地」。想想：除了老經濟，在未來十年，我們拿出甚麼新經濟和

別人競爭？來平息年輕人對「缺乏上流」的不滿？

2003 年「沙士」疫情過後，政府為了解決經濟危機，開放各省市，容許內地居民無須參加旅行團，以「個人旅遊」方式來港，於是內地旅客續年遞增，由 2002 年的六百多萬人次，急升至 2018 年的五千萬。但是，「自由行」是舊藥方，到底未來還有多少增長？而「自由行」這刺激經濟的方案，過去的力度，已明顯超出香港的社會負荷，引起近年的社會矛盾。今次新冠肺炎走了，我們仍是舊招再用嗎？而「轉身也有困難」的商界，是否願意鼓起勇氣，為香港做點事，帶領大家跳上全球的「科技」和「創意」經濟的列車？

七、八十年代，人浮於事，每個畢業生不會期待僱主如日本人常説的「一括採用」，那時候，很多年輕人立志創業。近十年，香港經濟過熱，「事浮於人」，找一份萬多元月薪的工作毫不困難，於是，打工族出現了一批懶人，沒有熱誠和目標，只是怨天尤人。今次疫情過後，壞的方面當然是抱頭共哭，但是，好的方面便是浴火重生，香港要人思考在未來「科技」和「創意」的世界大勢中，如何找到定位。

❹ 科技應用

過去一個月，不用推動，香港也變成 smart city，人人一部手機，分分秒秒按下去，選擇太豐富了：網上交易、網上新聞、網上會議、網上上班、網上購物、網上監察家裏小孩子的系統、網上老師授課、網上醫生資訊服務、串流視頻平台、線上藝術展覽（例如本地的「Art Power」）、網上打麻將、網上交友、網上通訊⋯⋯新興的科技應用，更可以和新經濟掛鈎，例如在新加坡，

他們便乘勢推出手機程式叫「Trace Together」，記錄肺炎患者曾接觸過的人士。

要防止病毒傳播，social distancing（社交距離）突然成為必要，人和人疏離，只好靠網上聯繫，在短短一兩個月內，網上應用程式百花齊放，「疫」境自強。今次，香港人正進行一次大遷徙，我們不分老幼，從地上移居到網上，虛擬世界盛開，香港人應該把握機會，利用資訊科技和創作意念，整合社會的系統和力量，讓我們邁進一步。

**⑤ 關心社會**

去年的社會動盪，讓一大群不關心政治的香港人，感受切膚之痛，於是改變態度，留意新聞和評論，從冷漠化為熱衷。我在地鐵、酒樓、Starbucks，都聽到人們談論時事局勢、政治主張，而且不分年齡和教育背景，都興致勃發，這是我在香港活了數十年，從來未感受過的。今次的肺炎襲港，令大家更上一層樓，宛

如醫學博士，對於防疫方法，滔滔不絕，這些都是好事。在社會議題上，過去是漠然置之，現在香港人對「香港事」重拾熱情，只要人們找到共識，但願可以齊心解決難題，今次的態度改變，肯定是一個里程碑。

**❻ 創意**

「苦中作樂」是應付逆境的最好方法，香港人有句話叫「吊頸都要抖氣」，真的幽默。所以，我們每天收到大量的「開心資訊」、照片、短片、文字、漫畫……甚麼都有，例如廁紙形狀的蛋糕、教人防疫的舞蹈、互相鼓勵的歌曲、諷刺時弊的棟篤笑、創意的殺菌良方，應有盡有；手機可怕，但亦偉大，誰人想到甚麼，便可以製作內容，放上互聯網，讓千萬人分享，許多東西幽默機智，讓我們感受到創意的力量。

所謂「創意」，有兩個層面，第一是個別的「創意工業」（creative industries）；第二是社會整體的「創意思維」（creative thinking）。

香港人有時代感、認識國際、充滿創意，可惜，商界往往說：「我買債券，收息都四厘，文化創意產業，沒有保證回報，不是我杯茶！」這些心態便是貽害香港的病毒源頭。希望商界戒除「鋪鋪」必賺的心態，以後願意拿小量資金，為香港出力，投資一些不談回報的創意產業，因為當香港年輕人繼續不滿、社會動盪持續，這個城市的商界，會「有啖好食」嗎？香港目前的創意工業，最缺乏是一些外銷型的「龍頭」，例如流行音樂、電影、動漫等，舊的衰退了，新的又接不上。

至於「創意思維」，便是各行各業，包括政府、銀行、金融、

專業等，檢視舊的工作框框，然後根據「以人為本、目標為本」的精神，好好改良以往的保守運作方式，提高工作目標的成效，這便是香港人要選擇的創意思維，而不是天天抗拒説：「規矩是這樣。」

今次瘟疫，雖然把香港置之半死，但是它迫使我們考慮衰落還是重生。

**❼ 明白到處楊梅一樣花**

很奇怪，香港有一群人，永遠相信「外國月亮比較圓」。在九十年代以前，西方比較先進，香港仍算落後，這句話尚有可信之處，但是到了今天，香港和西方比較，真的各有明亮和黑暗，何必過分崇洋，猥自枉屈？

香港社會迷信洋人最優秀，次等便是在英、美、澳、加長大或念書的華人，三等是曾經放洋的內地人，而「陀地」視為基層；怪不得很多本地年輕人，説英語都要假扮美國口音，卻被取笑為「MKABC」（旺角美籍華人）。

炎疫發生初期，許多人覺得香港方方面面都處理失當，後來，當炎疫在外國爆發，大家才恍然頓悟「到處楊梅一樣花」，原來西洋人一樣會亂來、搶口罩和廁紙、不守規矩、打架……而政府一樣東翻西倒。最奇怪的是有些平常誇獎外國月亮圓的人，卻在這個時候跑回香港避疫；所以，香港人真的不用看扁自己，過去被寵壞了，只要重新踏步，未來日子便不一樣。

經營加大碼衣服的高穎芝接受訪問時，她説：「挫折打不死人，視挫折為經驗，忘記不開心的事情，經一事，長一智。」我感同身受，和大家一起在不幸中看到曙光。

第二章

人見人

# 吳雨：活市場

吳雨在電視、唱片、演藝界，被叫「大哥」，大家尊敬他，除了因為他望尊（在 1975 年便入行，為商業電台兼職寫劇本，同年進入 TVB 無線電視當全職編劇，然後升上高層。1996 年，加入「華星娛樂唱片」當 CEO，捧紅了陳奕迅和楊千嬅。之後，去了英皇娛樂做總裁，提攜了容祖兒、Twins、林峯等，更是香港國際唱片業協會的前主席），更因為他的為人公平公正、忠厚平和，熱心為香港服務。近年，香港亞洲流行音樂節，是他推動的。2017 年，為了表揚吳雨的貢獻，香港政府頒授「銅紫荊星章」給「大哥」。

每個行業的領袖有三大本領：他們從不明確中捕捉到明確的方向、從不起眼的人群當中找出人才、從不簡單的博奕中找出解決方案。吳雨是這方面的佼佼者。

香港的電視怪傑叫劉天賜，吳雨是他七十年代的徒弟，擅長搞喜劇；我念大學時，在 TVB 兼職編劇，吳雨是我的師父。認識這個師父，好處可多，凡發生事情，立刻找他幫忙，吳雨永遠急人之難。記得兩件事情：有一年，我發現了粵劇界兩個新人，是可造之材，於是找吳雨，希望英皇娛樂可以推動粵劇，師父花了許多心思，為兩個新人度身訂做了演出計劃。又有一年，我請求他協助鄧樹榮導演的舞台新概念「形體劇場」，作品叫《打轉教室》，師父二話不說，便叫公司投入了一部份。

　　我和師父這四十年來的信任是深厚的，而且，只有他在叫我的「乳名」，我在 TVB 寫稿的字體，像一條條小蟲，他叫我做「蟲仔李」，近年，我老得不像樣，他才叫我「摩利士」。

　　2017 年，吳雨被政府委任為香港藝術發展局成員，服務至今。師父是香港唯一的人，具備豐富經驗包括電視、電影、流行音樂、娛樂、文化藝術，也只有他才有資格比較流行文化和藝術活動的強項和弱點。

　　我問：「師父，你服務藝術界多年，有甚麼感受？」吳雨答：「我要向香港的藝術工作者致敬：藝術文化工作，如逆河而游，付出多，回報少，成功機會又低，對普通人來說，反應一定是『不如找一

份朝九晚五的工作，何必活受罪』！但是這群充滿理想的工作者，願意拿出半生來拼搏，要向他們鼓掌！」

我問：「藝術可以和流行文化一樣，達致『自供自給』的市場化？」師父語氣肯定，但是一貫的春風洋溢：「當然不可以。但是，藝術必須追求一定的市場化，減少對政府的依賴，因為當經濟不景時，政府或減少資助，藝術界便會面對嚴重的衝擊，而且發展市場對藝術工作者的『自主自強』，有良好的啟思，不過，社會的藝術財政資源，主要靠政府支持，這是對的。有些商人說：『藝術是多餘的，有飯吃便可以！』這便不對，倘若經濟是社會的身體，那麼藝術便是它的靈魂。所以，我們不應看作『花費』在藝術文化，那其實是『投資』在香港人的素養，不能只從開支角度去考慮。目前香港政府的『配對鼓勵計劃』，即是藝術家找到 1 元，政府便投入 1.5 元，讓藝術家有 2.5 元可以使用，這配對精神，是非常正確的。」

我忽發奇想：「師父，你如何比喻娛樂和藝術？」吳雨想想：「娛樂是 fast food，快餐好味，但是煎炸為主，未必有營養價值；藝術是 fine dining，這些美食充滿心思，但是需要時間來消受。」

我明白他的意思，但是希望他解釋，吳雨說：「做事不能過度主觀，也要客觀。無可否認，大眾對藝術看輕，有一定原因，他們通常的評語有四種，『太高雅了』、『很難明白』、『好悶』、『和日常生活無關』，哈哈，這些當然不對，但是藝術界有絕對責任，用適合的手法，以市場的角度，加上宣傳的伎倆，循循善誘，慢慢教導大眾如何接受藝術大餐！」

我笑：「你從電視和娛樂界出身，當然深明箇中道理。」吳

雨接着：「除非藝術家認為以個人力量，可以愚公移山，或獨立孤峰，否則，藝術只能先靠政府，二靠群眾。我叫群眾做『market』，市場有大有小，娛樂是大 market，藝術是小 market，但是『大有大做，小有小做』，希望政府以後撥款給藝術家或藝團時，宣傳的津貼要加大點，他們才有錢做到『一傳十，十傳百』的效果。如果藝術市場能夠從『小』變為『中』，十個人有五個喜歡藝術，香港已經很了不起。藝術形式有數十種類，不必期望大眾對每樣藝術都熱愛，只要有些人挑音樂、有些人挑雕塑、有些人挑文學，整個社會聚沙成塔，香港人的素質，自然提升，不再吃喝玩樂，則我們的城市才有將來。」

師父喝了一口水：「我不是專家，但是，不同的藝術形式應該有三步部曲去改變：誘導群眾『放低戒心』、『漸漸認識』、『產生好感』。例如古典音樂可以和流行音樂合作，我曾主辦容祖兒和小提琴家姚珏的音樂會，反應很好；我知道有些球鞋和塗鴉藝術家合作，也非常聰明，藝術工作者先用一些手法吸引觀眾入場，這是必須的。」

我給師父難度：「藝術家遷就群眾，是一種委屈嗎？」吳雨語重心長：「這不是『委屈』，是『開通』，時移世易，當人類生活模式改變，如果藝術工作者堅持不變，只會故步自封。在流行文化，也要同樣『開通』去適應，例如當市場搬了去『網上』，電影就要變為『網絡電影』，內容和形式要改變一下。以粵劇來說，如果堅持老人市場，不想辦法去開拓年輕市場，也只是一條窮巷。」

我好奇：「那麼，娛樂有甚麼可向藝術借鑑呢？」吳雨頓頓：

「娛樂工作者，許多為了『搵食』，缺乏了藝術家的一份熱烈追求。我近年接觸藝術家多了，發覺他們思考探求和精益求精的那種高尚情操，都是目前走捷徑的娛樂圈人，要重新學習的。當香港出現流行文化的精品，好的娛樂會變成藝術，大家看看金庸的小說、白雪仙的粵劇、王家衛的電影、王福齡的《不了情》，都是活生生的例子。」

我問：「『娛樂』和『藝術』，兩者可以合作嗎？」吳雨說：「絕對可以，也是應該；但是，我不是說兩者一定要共同創造一件作品，而是在香港，娛樂和藝術是兩個圈子，互不交往，缺乏溝通。我們有些團體（或電台、電視台的清談節目）應該安排一些流行文化和藝術中人坐下來，清談交流，如何『俗』中有『雅』，『雅』中有『俗』，這才是合作擴大香港以至海外市場的方法。」

我開玩笑：「那麼，藝術又如何向娛樂圈學習？」吳雨的回應認真：「香港藝術圈要避免目前娛樂圈的問題，過去，我們娛樂界太自滿，『急財入急袋』，沒有好好的追求夢想、培養人才、炮製高水準的作品，甚至有點後知後覺，認為香港的東西一定賣，外面的人一定會喜歡，結果，流行文化市場一天比一天萎縮。容許我大膽的說，沒有水準的東西，便沒有需求，沒有需求，便沒有活命的市場，而流行文化和藝術將會面對同樣命運，一起消亡。如果目前的領導人，仍然『闊佬懶理』或『心無大志』，香港的藝術和娛樂，一定會被大市場蠶食。」

我給師父的最後一條問題，是針對藝術「市場」的發展，有甚麼 KPI（Key Performance Index，即重要績效指標）？師父樂了：「KPI 這般嚴肅？我想應有四點：第一，不同的市場，有大有

120

小，所以，不能用絕對數目來判斷，但是，必須要做到年年有增幅，那管是多少巴仙；第二，當然要看收入增長，那管是 4%、5%，必須年年增長，如果靠送票，則多少人入場也不是真正觀眾；第三，市場的對外擴張，如果未來十年，我們依然只靠香港市場，不打開外面的市場，也是半條末路；最後，便是承傳，即多少人『入行』來支持這門藝術活下去，例如廣東木偶藝術，便因為沒人願幹，在香港徹底消失。」

所有的政治、經濟、社會、文化的改革，不能靠在草地上翻來覆去的幾個滾球去帶動，他們水平低、視野窄，我們需要吳雨這些打滾數十多年，既有經驗，又心境年輕的智者發炮，提出具智慧的看法，然後信者集眾、積水成淵，驅使大家改變。

有國際名人曾經說過：香港人應該思考在內地與世界之間扮演甚麼角色。我們在數十年前，是內地和世界進出之間的必經市場，但是，香港的成就，今天反而成為我們的包袱。內地進步快，是因為「光腳哪怕穿鞋的」。在香港來說，要談市場改變，對於既有利益者、不求上進的、多一事不如少一事的「話事人」，真比千斤還重，如萬噸貨輪。不過，話又說回來，「多難興邦」，歷史上每一次重新出發，都是因為山窮又水盡嗎？

# 馮永：電影通

世事，如跌落地上的一球毛線，如不整斷，理還亂。

以往，電影人埋怨網絡出現，把戲院的觀眾搶走；現在，肺炎疫情爆發，戲院被關掉，我們又慶幸：「幸虧網絡仍把電影播放，否則，它無處藏身！」

香港電影曾經紅遍亞洲。今天，景況淒涼，雷聲小，雨點小。

1889 年，美國發明大王愛迪生創製了電影留影機（Kinetoscope），他把攝製的膠片影像在紐約公映，轟動世界，但他的電影僅供一人觀賞，每次只能放數十英尺的膠片，內容是跑馬、舞蹈等。1895 年，在法國，盧米埃爾兄弟利用「視覺暫留」（persistence of vision）的原理，在巴黎的一家咖啡館，舉行首次商業電影放映。

追本尋源，甚麼是「電影」？數十英尺的膠片是電影？只能供一人觀賞的是電影？在咖啡館播放的是電影？電影其實是由攝錄機或動畫技巧繪製的視像，有故事或只是紀錄片。電影製作本身可以是藝術（film art），也可以是娛樂（film entertainment）；可以是小眾的工作室（film workshop）或是電影工業（film industry）。

近十多年來，由於電子產品如「機頂盒」、電腦、手機等改變人類，我常常思考：甚麼是「電影」的本質（例如只有圖像而沒有人類和動物出現的，算不算電影？）、定義（例如「手機電

影」算不算電影?)、平台(例如卡拉OK房可以用作電影院嗎?)
以至價值(既然文化、藝術、娛樂的東西多到五花八門,電影的
獨特價值在哪裏?)?電影人對着香港社會和文化「地殼移動」
的這刻,應該以寬容還是堅執的態度走向未來,而每一個舉動,
到底代表進步還是退步的伏線?印刷術的出現,取代了手抄本;
計算機的出現,取代了算盤。將來還有甚麼新形式出現,取代今
天的電影模式?

電影歷史的一百多年,經過了太多事情。以香港來說,我們
經歷過默片、黑白電影、彩色菲林電影、數碼電影、網絡電影;

而場地和載體方面，我們經歷過戶外電影棚（小時候新界的鄉村和廉租屋邨附近的空置地）、粵劇戲院（如太平、利舞臺）兼營的電影院，座位超過一千人的巨型影院（如麗聲、麗宮、海運）、迷你電影院（如今天的 MCL、Broadway Cinema）、家庭電影院（電視機種類有 CRT、LCD、LED、OLED）、座檯電腦、平板電腦、OTT、VR 眼罩、手機。聽說科學家在研究，未來電影不再需要載體，影像直接輸入大腦神經，乾手淨腳。

電影今天受到時代的鞭撻，從學說來看，產生兩大門派：instrumentalism（工具論）和 determinism（決定論）。前者認為科技只影響應用工具的轉變，例如觀眾不在電影院而在手機收看電影，故此，電影必須堅持不變的文化、藝術和創意的本質，不能胡亂破壞，若把電影縮短為一小時，或分開四集來播，是「罪大惡極」的暴行；而後者認為電影的 eco-system（生態系統）已面臨決定性的變化，電影的定義可以與時並進，故此，他們接受用手機拍電影。

我愈想得多，思路愈紊亂；終於有一天，遇到電影老行尊，香港電影發展局前秘書長馮永，和他來一次思想切磋。

馮永是香港電影界的「活字典」，曾經看管政府數以億計支援電影的資源。他是香港人，小時候在澳門長大。1955 年，馮永只有 6 歲，在街頭看到演員夏夢和梁醒波拍電影，他驚嘆：「怎麼機器可以捕捉影像？太神奇了！」後來他去美國升學，念了醫學科技，但內心鬥爭：「為甚麼我不念喜歡的電影？」於是再到 School of Visual Arts, New York City 念電影。1978 年，馮永回到香港，被 TVB 聘用，協助曾留學意大利的名導演劉芳剛。當時，

香港電影事業漸露曙光，馮永決定離開電視台，加入手執牛耳的電影公司新藝城，擔任賣座電影《彩雲曲》的副導演。當時監製泰迪羅賓和他說：「馮永，你最強是電影行政！」於是馮永轉做別人認為最煩厭的製片工作。1985 年，著名電影人施南生離開了新藝城，馮永接手她原任的電影營銷部。到了 1988 年，公司由盛轉衰，在 1990 年代頭，馮永和老闆親手把新藝城的燈關掉、大門鎖上，結束了一代的光輝。馮永說：「那刻，即三十多年前，我已經在思考香港電影的生死路向。」

「1991 年，我和年輕電影人莊澄、馬逢國等，投身李澤楷旗下的 STAR TV 電視台，為他們建立香港電影的 library（存庫），買了超過六百部電影。約在 1992 年，李生賣走了 STAR TV，我們負責搞 STAR TV 的七個電影人雄心壯志，向 STAR TV 來了一個『management buy out』（員工反收購），接手公司後，我們拍了幾部電影。2001 年，商人林建岳出了一個好價錢，收購我們的公司，在賣走了業務後，我們七個人便各散東西。往後，我協助了一些電影公司的收購和合併，更常常飛來飛往，接觸香港以外的電影業。2007 年，香港政府成立電影發展局（Hong Kong Film Development Council），因緣際遇，當了這部門的秘書長。我在 2019 年退任電影發展局，在這十二年就任期間，我做了一些事情，例如讓大學電影系的畢業生，可以有機會拿到數百萬元來拍電影，但是，有些事情如香港電影的網路發展，是我的時期所未能盡情做到的。在這十二年，加上之前的三十年，我對香港電影的『前世今生』，感受非常深刻，難得 Maurice 你有興趣公開我不在其位的看法，我希望和香港人以及電影人在此交流，衷心祝願香港

電影在年青一代的衝勁下，再攀高峰。」

馮永喝了口咖啡：「剛才你談及香港電影歷史發展，我想強調兩點：第一，香港過去的電影業，一向是『市場主導』，電影是商業市場的行為，為了『適者生存』，香港電影主流是拍商業電影，『叫座』比『叫好』重要，偶爾電影有藝術成就，那只視為『錦上添花』；第二，香港電影有接近一半的收益，是靠海外市場，絕對『出口帶動』，舉個例子，在六十年代，香港『邵氏』的電影，發行全球一百五十多處地方。」

我回應：「十多年前，我和杜琪峯導演在藝術發展局創辦了『鮮浪潮』大學生電影比賽，用意便是為電影業培養既有藝術天份又可以跳去主流電影的導演，可是，當時有些人質疑：藝術發展局怎麼可以和電影工業互動？但是沒有『大河』，又哪裏會有『細川』，主流電影活了，投資者才會花錢投資另類電影，為甚麼香港在過去，產生國際級的藝術電影如《春光乍洩》和《花樣年華》，便是因為大環境好，才會百園百花！」我喝了一口檸檬茶：「數年前，我在電影發展局指出，政府要支援『網絡電影』，因為那是新的發展方向，但是有數位委員反對，説『誰會在手機看電影』、『網絡電影沒有水準』、『網絡電影不算「電影」』，今天，時代證明我是正確。」

馮永接着：「從利益角度來説，可以分為『電影圈』和『電影工業』。電影圈是某群人，他們的角度往往只代表目前個人的經驗和利益，未必掌握到整個業界宏大的生存之道。我經過數十年，務實地分析，香港電影人的『飯碗』最重要。工業，便是要大量生產，養活一批人，過去電影從業員有 30,000；今天，大概

只有 3,000 經常可開工。過去，哪些地方有香港電影的需求，我們便立刻行動，針對這些市場，這不是香港電影『降格』，而是『開拓』，這才是保衛電影工業的不變原則。以前，香港有優秀的電影企業家，如邵逸夫、鄒文懷，他們喜歡電影、認識電影、願意冒險；今天，香港電影工業缺乏企業家，因而交給政府的責任愈來愈多，但是，假若香港電影是由政府主導，那是多麼不可行的一條路！」

我笑道：「在文化藝術的道路上，永遠有所謂『思潮』，它左右一個時代的方向。目前，香港電影的流行 DNA 是『本土情懷，社會不快』，因此，很多電影，都走『小眾』這一條路，沉鬱得要命。大部份的觀眾入電影院，追求的是 entertainment，這麼 dark 的電影，票房一定是滑鐵盧。我的外國電影朋友來香港公幹，開玩笑說：『今年香港電影又有甚麼社會問題困擾呀？』大家苦笑掩臉。」

馮永也笑了：「目前頗多人的想法是『我要改變未來環境，但是環境要遷就我』，如果這些態度放在一個工業、一個市場上，只會故步自封；許多市場的捕捉被誤判，真是『蘇州過後無艇搭』，工業發展要把握環境，因為時間不等人。作為電影業發展，必須先佔據市場，站穩『陣腳』後，人人有工開，才能追求更高理想！」

我疑惑：「然則，兄台對於目前香港電影業的滯後是悲觀的？」馮永搖頭：「只要大家願意改變態度，我是樂觀的：每年政府花成萬上億的金錢，保持一定的電影出品，讓我們的『人才鏈』不會斷掉，這是極為重要。另一方面，我們應該繼續游說香港的商家，要他們明白只是買股票買樓，是不會幫到香港未來的新經濟，

他們應該把部份資源調配到如電影般的創意工業。然後，行內朋友要接受『電影』在科技時代的寬鬆定義，它可以是『手機電影』、『電視電影』或任何形式的網絡電影，並且樂意照顧觀眾。而電影的收益，再不是一張門票，可以是 streaming（串流）得來的入會費、廣告以至下載收益。市場方面，再不能有『本土』心態，必須願意和其他地方的電影工業合作，適應外面市場的口味。」

我同意：「無論你喜歡這時代改變與否，電影定義將會是任何有 visual（視像）及 audio（聲頻）的人物故事、動漫故事以及紀錄片，它可以長短不一、形式不一、載體不一，而且隨時是『跨媒體』、『跨平台』、『跨人才』、『跨行業』的作品。」

馮永點頭：「所以我常常和青年人說，只要你有興趣、有決心、夠勤力、多動腦筋、懂得 audio 和 visual 的技術，加上精於說故事的技巧，切勿放棄電影，就算你目前的工作是網台、廣告、電視台、動漫遊戲、MV 製作，終於有一天，你會有機會拍到一部『電影』，台灣有些獲獎導演便是來自廣告界的。」

我贊同：「電影再不是電影院的聚會，而是一種新穎的『online digital content communication』（線上數碼內容傳輸），不論在何時、何地、何媒體，它都可能存在。」

馮永說：「這些用網絡傳播的電影，它們的出現是必然的，因為它們解決了『電影在電影院播放』的 pain point（痛點）：現代人分秒必爭，愈來愈少人願意花時間去電影院；而觀賞電影的時間，又受影院的時間表所限，加上引起的交通和外膳費，實在所費不菲。再說，電影院所播放的電影選擇也不及網上豐富，故此，當乘坐火車、在家、在酒店或午飯時間想看電影，當然要利

用網絡的『即時性』和『多樣化』，但是，如網絡只是播放『二輪電影』，誰會想看？故此，像 Netflix 這些新概念便出現，它是解決『痛點』後的成果：在家中看電影，一個月只要數十元，中外古今都有，還有首輪原創出品，既可以 fast forward，又可以 rewind；一邊看，一邊吃任何零食，放小孩子、小狗、小貓在身旁，同聲笑、放聲哭，沒有人管你穿睡衣或短褲，不用費時打扮出門。當然，仍然有人喜歡去戲院看電影，尤其是科幻特技大製作，但是，我們更要在普羅大眾網絡電影的市場，分一杯羹。」

我好奇：「為甚麼今天香港電影很多都引不起觀眾興趣？」馮永說：「除了製作的技術水平外，最主要是人物之間的性格和情節產生不了 drama（戲劇）的火花，想動人的不動人、想緊張的不緊張、想好笑的不好笑、沒有起伏抑揚。大家要明白：大部份人看電影，都是為了娛樂、情緒的宣洩、感官的滿足，如果達不到上述要點，沒有人願意花錢去『滾搞』自己個多小時。」

還是很沒創意的那一句，「電影是眾人的夢工場」，只要人們需要娛樂、只要人們仍然貪方便、隨時隨地找電影來娛樂自己，網絡電影將會把香港電影換湯又換藥，死而復生。故此，有魄力的青年人不要放棄，只要有好戲劇、好技術的內容，電影永遠是人類未來生活的提神咖啡和茶。

離開太古廣場的 Plat du Jour，還是念念不忘馮永兄那一句，「有些人想改變未來環境，但是又想環境來遷就自己」。

# 陳美齡：東京秘

我想講一個關於 Gucci 的故事。

人們埋怨上天：為甚麼我不像 Gucci 的模特兒？為甚麼買不起 Gucci？為甚麼穿上它，別人也看不起？

答案簡單：因為你所追逐的，除了這些庸俗的外貌和財富標準，沒有其他東西讓內心變得美麗。今次聊天的陳美齡，是「精神」生活的好榜樣：她本來可以是公主，但是現實中，貼地得像小蝸牛。陳美齡沒有追求人生的浮誇，她的夢想，和名利無關；和她午膳，大家吃些雞翼和青菜，便開心聊足兩個鐘。

在七十年代，兩位華人玉女歌星，在日本紅得發紫，多次打入《紅白歌唱大賽》，台灣代表是溫柔甜美的鄧麗君；香港代表是活潑可愛的陳美齡，她赴日於 1972 年，才 17 歲。雖然嫁了日本丈夫，生了三個兒子，Agnes 仍沒有入籍，她說：「生來是香港人，有甚麼不好？」最近，母親年事已高，Agnes 多些回港陪伴，可是由於 COVID-19，日本不讓「外人」入境，Agnes 只好留在香港，專心寫作。

我和 Agnes 屬於同溫層，即本來有另一個「搵食」事業，卻花費時間，搖起筆桿子，只因我們都相信，文字影響思想，意義重大。她比我勤奮，一年出多本書，所派的「福利」，都是關於教育，她是亞洲具影響力的 KOL。數年前，轟動大作叫《50 個教育法，我把三個兒子送入了史丹福》，成為銷量冠軍，Agnes 自

己也是史丹福大學的教育博士。她曾經說：「教育責任不應只依賴學校，父母的責任最大，我深受父親影響，他教誨過：『名氣如流水，知識才是一生的寶物。』我在事業如日方中的時候，決定去多倫多念大學，後來當了媽媽，再往美國念博士。培育孩子，應培養他們兩大能力：自我肯定和對世界好奇。」

和 Agnes 很多話題，委實在創意界，感性的人比理性多，感性是「圓」，理性是「方」，我們重視理性思維，圓和方並軌，才會有好結果：例如除了考慮作品本身，也要考慮作品和受眾的溝通。

陳美齡談音樂和教育，恐怕太多，我要改變話題，談大家心目中的「潮都」：東京。Agnes 在東京生活了四十多年，「內緒」

的感受，一定豐富。約 Agnes 見面，欣賞她三件事：永遠守時或早到；打扮是素淡輕柔，恰如其分；另外，對別人尊重，毫無架子，有一次喝茶，她從座間走到電梯，對陌生人點頭不下七、八次。來，我和 Agnes 展開一場問答之旅。

問：你在日本四十多年，對東京的感覺始終如一？

答：我把感覺分三個階段：成長期、黃金期和成熟期。日本在第二次世界大戰敗仗，被美國實施軍事佔領，至 1952 年結束，在六十和七十年代，日本人發奮圖強、勤勞工作，經濟拾級而上。我七十年代到東京，之前，從沒有去過日本，姐姐陳依齡是邵氏的明星，曾派去日本受訓；爸爸做出口生意，也常去東洋，每當他們回來，大談東京是一個如何如何的大都會。小時候，家住北角皇都戲院大廈，後街渣華道便是海邊，我看着維港的輪船，好嚮往坐船，去很遠的地方；所以，當日本的渡邊唱片（Watanabe Music Publishing）聘請我去日本當歌星的時候，一首歌 Circle Game 已把我在香港帶紅，更在拍電影，不過，我最終鼓起勇氣，決定隻身往異國。那年代的東京，洋溢朝氣，每個人對未來充滿希望，不眠不休地工作。到了八十和九十年代，日本進入了經濟黃金期，有點像近年的香港，大家的物質改善了，東京表面看來很富貴，甚麼消費都有，但是，人們卻開始迷失，不知道樂極會生悲。九十年代以後，日本的經濟泡沫爆破，加上人口老化，東京便一直衰退至今。香港人不要太排斥外來人口，一個城市，必須有人口增長，才會有活力，對充滿變幻的香港，雖然帶來挑戰，也帶來新希望。

問：東京是一個怎樣的城市？

答：東京是日本的首都，人口差不多一千四百萬，是各地來人的大熔爐，有着不同的生活文化。東京以前叫江戶（Edo），可是，沒有在東京住上三代，沒有人會把你看作「江戶人」。縱然，江戶人今天已不多，但是，他們對文化的承傳，深感驕傲；在淺草（Asakusa）一帶，仍然有很多傳統歌謠、舞蹈活動。別處地方的人來到東京，努力去掉自己的「外省」口音，交談時，已分不出是否本地人，所以，他們喜歡查問別人：「你從哪裏來的？」來東京的人，未必是為了工作謀生，反而更多人是升學，跟着便留下來工作，東京良好的高中和大學很多，吸引所謂「外省」人。日本人口中的「上京讀書」，便是把子女們送到東京上學。

問：既然東京十里洋場，人的矛盾很大？

答：那又不會。日本擁有公平的教育，例如全國的教科書要審批及統一，老師們又被全國調派，所以，不管你在哪裏成長，人和人的認知差距不大。東京人會想念家鄉的風土、人情、歷史、特產等等，甚至有「同鄉會」的成立，但是，不會影響他們「東京人」的身份。東京人的 identity search（身份調查）反而集中三方面：學歷、工作和年紀。了解你的學歷，便可知道你的家境、出生、學習能力；而問你拿取「名刺」（名片），便得悉你的財力和社會關係，所以，有些人沒有工作，好歹也弄一張名片；最後，便是年紀，在東京，別人不分男女，會問你多大？例如，藝人電視上鏡，熒光幕會打出她的歲數，有些藝人想保密，會找律師作出一份聲明，公告天下「侵犯年齡私隱會被追究」。以上的 identity search，最容易把人 stereotype（樣板化），但是，這些是東京的社交潛規則。

問：你喜歡東京甚麼？

答：有句日本語，叫「十人十色」，在東京，由於它的多元化，每個人的角色可以百變：在銀座（Ginza），大家是紳士淑女；去到原宿（Harajuku），大家變回年輕人，奇裝異服、街頭吃雪糕；去到新宿（Shinjuku），男男女女喝酒到凌晨、在路邊嘔吐；在上野（Ueno），遊走公園和博物館、櫻花樹下沉思。每個東京人有自己的「天國」。

問：你喜歡哪一區？

答：是我居住的廣尾（Hiroo），距離最旺的澀谷（Shibuya），只有數個車站，「靜中近旺」，很方便。結婚後 我和家人住過橫濱（Yokohama），但是很快又搬回廣尾。廣尾是一個寧靜但是有味道的小區（在江戶時代是種植芒草的園地），許多國家如挪威、阿曼的大使館都在廣尾，路上，有許多國際餐館，歐洲、中東菜都有。在廣尾生了根，便不想搬走。

問：最怕去又是哪一區？

答：新宿。Shinjuku 是東京最大車站之一，站內、街外，都是人頭，場面好可怕。新宿好多遊客，而且是最大的夜生活區，黑白各道的人都有，對於女性來說，始終忐忑。

問：哈哈，Agnes，你向我潑冷水，我剛剛在新宿買了一個小單位。東京的潮流，是否由新宿帶動？

答：不對。以前東京的 trends 多由澀谷開始，那裏多大學生、文青、潮男潮女，例如新的時裝、遊戲、生活推介，先在澀谷發佈；但是，澀谷同樣面對「地產摧殘」，租金一天比一天貴，年輕人也要離開 Shibuya。今天的 trend setting，反而由另類地區帶動，

例如目黑（Meguro），那裏有生活雜貨、咖啡甜品店，是散步的亮點；此外，下北澤（Shimokitazawa）也不錯，它是時尚的文化區，巷弄佈滿復古服裝店，還有 live music 的酒吧，許多前衛音樂人，聚居下北澤。

在香港，吸引人的事物多在大街大巷，但是，東京有「後圍」文化，小區和小巷，孕育着年輕新奇的創意，而且，不斷更新，這便是東京不老的魅力。

問：在東京，哪個區最影響文化和藝術？

答：東京是各展所長的大都會，沒有一個區獨佔武林：例如歌舞伎（Kabuki）要到銀座、相撲要到兩國（Ryogoku）、當代藝術要去六本木（Roppongi）、街頭文化要去原宿、傳統文化要到淺草。我想説説日本傳統的棟篤笑，叫「落語」（Rakugo），它在淺草發揚光大至今，規定拜師學藝，一代傳一代，很有意思。我們香港，在匆匆忙忙的歲月中，可有考慮文化的承傳？

問：東京的地位難以取代？

答：對，不僅是日本，在國際層面也是，它是「巨人級」的大都會，如強力磁石，把精英都吸進來；第二大城市大阪（Osaka），許多地方都追不上東京，全球的商業和金融機構，都立足於東京，因此，日本其他地區的「老齡化」愈來愈嚴重。所以，有建議把日本政府總部遷離東京，「搞旺」周邊地方，如長野（Nagano）和山梨（Yamanashi）。

我的青春年代，常去東京追夢，陳美齡是先鋒，她念完中學，便去東京闖蕩，改變一生。東京是真真正正沒有一處地方會「叫人失禮」的大都會，當你看到它的小區後巷，都一塵不染的時候，

你會驚嘆這是一個何等神奇的城市？從「高慾望」到「低慾望」，東京一樣傲立。

　　年輕的電視節目主持人周奕瑋曾經留學東京，認為東京是少年人追夢的好地方，他説：「追夢要細步細步的計劃，行好眼前的小步，五年後當你回望，發覺已經行了一大段。」Tokyo，是許多香港人像接力賽一般，跨代愛死的大城市。訪問完 Agnes 後，更明白為甚麼。

# 鄧英敏：口才法

「滔滔不絕」並非好口才，「達義通理」才是。「出口成章」只算二流口才，「娓娓道來」才是真魅力。香港近年出現大量「騙子」KOL，害人不淺。

優秀的內容，加上適合的方式，以說話，有效地達成目的，這便是好口才。

坊間視為「好口才」的人，許多其實是語言惡棍，他們口若懸河，誤導大眾，這等「二打六」，只能欺騙無知。我心目中口才出眾的人：誠懇、精準、有趣、不粗俗、也不作狀、不輕佻、也不「老餅」長氣，如「菊花茶」，喝下舒服。在影視圈，有一位藝人躬行實踐，由 1976 年至今，靠口才「搵食」，他是司儀鄧英敏。

有一次，我在電台訪問他，只餘五分鐘，鄧英敏（English 是他的洋名）以最簡短的方法直擊聽眾穴位。我問他：「你在八十年代登台，服飾是怎樣？」他說：「想像一下：襯衣的手袖像南瓜燈籠，夾克上衣的摺領是珠片。」多麼精準，我又問：「名演員梁醒波和你們相處好嗎？」聰明的他知道答案要吸引，但又不會影響一代名伶的形象，他答：「波叔住在太子道附近，很近電視台，他的家裏滿藏演出多年的道具，例如我們要一頂精緻的帽子，十數分鐘內，他便叫太太送來廣播道。」你看，沒有直接拍馬屁，描述又適當地「爆料」，帶動話題；沒有功力的藝人，回

答這條問題，只會說「老人家對我們很好」，那會像 English 的答案，巧妙並重。

鄧英敏外號叫「屯門王子」，因為小時候居於新界的屯門新墟，受到一個戲劇優異獎的鼓勵（他演一個瘾君子），於 1973年，元朗公立中學畢業後，投考無綫電視（TVB）的藝員訓練班，2,000 人中被選中，同班有周潤發、吳孟達等。畢業後，他加入長壽節目《歡樂今宵》。英敏老師反應快，是 TVB 的司儀，他首次擔任現場司儀，是 1976 年在銅鑼灣利舞臺舉行的《鄧麗君演唱會》。他的老師是杜平，現在八十多歲，移居了澳洲，經常回來和舊同事宴聚，我參加了數次，他和 English 都精於搞氣氛，口頭禪是「犀利喇！」。在六十年代，杜平的女搭檔叫森森，外號叫「三毫子小姐」，因為她常為刊物《香港電視》賣廣告，每本只售三毫子，不敢置信！

我問 English：「對你來說，口才的真正意義？你曾經出書論說呢！」English：「口才包括四件事：第一，言之有物，即說話有根有據，最好是生活體驗，或研究所得，也就是說『切勿吹水』；第二，便是言之有理，內容要有道理，凡是歪理邪說，可以騙笨蛋，但騙不了聰明人；第三，言之有序，講解一件事情，要先後有序，不然，忽東忽西，聽到別人『一頭煙』；第四，言之有文，『文』是才情，表達一件事要生動、有趣，別人才會代入，俗語說『聽出耳油』。」

我有同感：「我最怕遇到三類人。第一類是『是非精』，壞話不停，他們可怕的地方是誇張失實、污衊別人，一面說，還一面模仿別人的表情；第二類叫『放空炮』，男人最多，明明一事

無成，卻誇大失實，自吹自擂；第三類叫『假口假面』，他們誇誇其談，不過，眼睛搖晃不定，沒有瞄你一眼，豐富的面部表情卻被靈魂之窗出賣，這些是偽君子。」

English 的反應特別快，他笑：「你不會是罵我的，因為我是『新界佬，心地特別好』！」我來一招拒馬陣：「新界佬，講得好！」

兩人放聲大笑。鄧英敏是「金句」能手。

我又問 English：「老師，你做了司儀差不多五十年，有甚麼高見？」他想想：「最基本要求：我如何『與眾不同』，但又可『與眾同樂』。不同年代的司儀，外形、衣着、談吐方法，有所不同，但是，所需的技巧卻恆久不變：司儀就如合奏團的指揮家，手執着指揮棒，掌控活動的氣氛和節奏，在擬定時間內把程序一件件推進，直至圓滿結束。故此，大小活動的司儀，要有『承上接下』的流暢，莊諧並重，如行雲流水；當然，如要處理悲傷場合，則『不太悲傷地把悲傷送走』！」

我再問 English：「在工作地方，甚麼是好口才？」他答：「對着上司，適當的讚美是跑不掉的，就算意見不同，要恭敬地提出，因為上層也希望下屬欣賞他，但莫阿諛奉承，否則，被譏笑為一條狗。同事方面，沒有上下之分，言談相處，但求輕鬆舒服，切勿講別人是非，以防被人『放上枱』。最後，和客戶交談，要有尊卑距離，勿對客戶太熱情，會混淆了公私關係；永遠不巧言令色，用工作實力證明自己，才是成功之道。」

English 呷一口茶：「記着，工作時，不要『目中無人』、『自欺欺人』、『怨天尤人』，要平易、謙遜、近人。」我接着：「我們做律師，凡事要公平，該說就說，笑罵由人。」兩人又捧腹。

我明知故問：「在家裏，要講口才嗎？」English：「除非是以前《家》、《春》、《秋》的複雜大家庭，在香港的小家庭，當然不用口才，『行動最實際』；行動，應該如孟子所說『老吾老，以及人之老；幼吾幼，以及人之幼』，每個人要根據自己的責任，盡心向家人表達關懷。年紀輕的要孝順長輩，長輩要善導後輩，

否則，每天信口開河說『I love you』，無補於事。家庭和諧，是人倫安定的基石。」

English 微笑：「我的外母和女傭原本住九龍城，她今年97歲，最近經常進出伊利沙伯醫院，我和她說：『請住我家，待我照顧你！』結果，家裏多了一個活寶貝。和她相處很簡單，有空便買些她喜歡的蛋撻和龍躉魚，用輪椅推她去露台感受陽光。而子女和孫兒們，生活也不容易，無論謀生或上學，都筋疲力竭。我的女兒有三個小朋友，天天忙死，我看到有任何事情可以幫忙的，便加以協助，例如開開玩笑，讓他們放鬆。家人相處，靠感受，不是靠嘴巴，我希望下一代人，要知道中國人的身份，因為中國正一步步改善，大家要正面，當我看到內地好的消息，立刻在我們『Tang Family』的群組發放。好想在老鄉惠州，買一間退休小戶，有空一家人去住住。家人的關係，靠感情水滴石穿，用言語斧鑿出來的溫馨，不是真實的。」

以往，我相信「人之初，性本善」；近年，看得太多可怕事情，有些基本價值，在家庭、在組織、在社會，都在崩壞。故此，我存疑，「人之初，性本惡」？

請教 English：「和朋友交談呢？」他淡寫輕描：「常說的『君子之交淡如水』，未必行得通，因為平淡友誼，許多時候變了懶得聯絡，友誼便沒有了。朋友分兩種：有利益往來和沒有。不想有吵架風險的，便不要有利益牽涉，有一句話，叫做『利益可成友，友不能因於利益』，如是利益朋友，則切記『交往有「俠氣」，幫忙成利器』，除非對方沒有誠意，否則，要互相幫忙。幫忙，比平日的甜言蜜語，更打動別人，成為真正的摯友。」

我同意：「有困難，扶你一把的朋友，是難得的好人。」English 接着：「沒有利益往來的朋友，記着以『素心』相待，坦誠、沒有機心、不給好處、也不接受好處，平日，有空就相約出來，談談生活，一樂也。在這些場合，最重要是説話有趣，內容有『墨水』，令朋友覺得從你身上可以增長知識及樂趣。」

　　問 English，他有沒有「口才」偶像？他説：「有，馬雲很出色，看似平凡，在不知不覺中説服眾人。」

　　我有沒有「口才」偶像？有，他叫鄧英敏老師，永遠和藹、幽默、青春不老；以為他「話匣子」快完結時候，突然，又拿捏笑料，再斬兩兩，了不起。

# 石修：演到老

現實人生，如戲：演回自己，在自信上；去演別人，在良心上，常不知所措。

香港影視圈，有兩位修哥：胡楓和石修，皆正人君子，同在五十年代入行。胡楓入行時二十來歲，做跳舞小生；石修入行只有幾歲，做可愛童星。當年的童星，仍活躍在前線的，女的是薛家燕、男的是石修，花樣年華，不做「隔夜油條」。

我們袋裏的手機，已好比家人，提供生活方便、慰藉心靈，還有男女「skouting」；它不單是微電腦，更可以攝錄，太好了：爸爸、媽媽、弟弟、妹妹，哄在一起拍電影，拍甚麼呢？《功夫足球》、《天若有情》？

大家貪慕虛榮，自製 vlog，人人當演員及主持，説話「懶音」的、「孿脷筋」的、演技「朦朧」的，通通變 stars。我的電台朋友説：「當『不專業』成為主流，我的『專業』變得不『尊』業！」

心血來潮，想請一位三代俱和影視有關的藝人聊天，談談演戲。

石修溫文、魅力非凡、説話很輕、挺着腰板、眼睛跟着你的反應走，有一部電影叫《軍官和紳士》（*An Officer and A Gentleman*，或叫《衝上雲霄》），由他來演最合適。石修乳名叫「B仔」，1956年入行當童星，當時約八歲，第一部電影沒有對白，給人用麻布蓋着身體，看不到樣子，演畢，片酬是一碗擔擔麵。「修

哥」的爸爸是陳直康，相貌是憂鬱美男子，中聯電影公司的副導及製片，修哥説：「我的兒子陳宇琛原本念建築，誰料當了藝員！」

我問修哥，那年代，如何演戲？他説：「演戲的初階便是『模仿』，當時，小孩子是沒有劇本的，副導示範一次，叫我們記着，便入鏡，因為用菲林拍攝，成本昂貴，最好『一take』完工，如果小朋友記憶力不好，很難當『童星』。五、六十年代的演技是很『standard』的：例如主角走入一間陌生屋，會睜大眼睛，左望右望；又例如女子被人調戲，便張大嘴巴，身體往後退縮；如得悉別人死去，要搖搖頭，嘆一聲。大部份觀眾接受這些『樣板』，照單全收。」如在那年代，我也挺會演：凡是悲愁場面，便播出傷心名曲 Meditation，然後把家人抱在一起望天；如被侵犯，則近攝海棠花落，然後蠟燭被吹熄、天打雷劈，我用口咬緊棉被，滾下淚珠⋯⋯

修哥回憶：「爸爸很愛藝術，常帶我看『西片』，我的演技為『natural acting』（自然演技），受了當時偶像的影響，如愛路扶連（Errol Flynn）、加利谷巴（Gary Cooper）等，他們表情真實，毫不做作。」

我慨嘆：「不再想看電視，因為演技被『異化』：以為『哭』便是好演技，許多頒獎典禮的精彩片段，也剪取演員『哭』的鏡頭；第二個毛病是誇張的表情，過多的小動作；跟着，就是『擺甫士』，眼耳口鼻，不停放電，就算給人掌摑一巴，也要『三七臉』回眸；第四，心理狀態缺乏連貫性，昨天才痛哭家人逝世，今天卻若無其事；此外，有些愛『撚聲』，無論高音和低聲，賣弄性感，特別強調『n』音；第六點便是層次不足，喜怒哀樂，看不到漸進。」

修哥微笑：「劇本不只是『看』的，要反覆消化。」我問：「時間磨煉出來的？」他說：「對！13歲時，我演畢《故園春夢》，進入青春尷尬期，只能回校園讀書；到了19歲，長大了，我重回影圈，在《七彩姑娘十八一朵花》演出，開始認真思考，如何演好一個角色，不幸地，六十年代末，香港的粵語片突然中了魔咒，投資者退縮，台灣片如《養鴨人家》、《啞女情深》，香港邵氏的國語片如《獨臂刀》、《青春鼓王》卻大賣，衝擊了粵語片的市場，而無綫電視（TVB）亦在1967年開台，提供免費娛樂，粵

語片日漸式微。時移世易，我順勢在 1968 年加盟 TVB，參演香港電視史上，首部黑白長篇劇，叫《夢斷情天》，當時，拍了超過二百多集，播放超過一年。」

我憤憤不平：「電視劇，以女性觀眾為主，今天，『阿姨』前衛了，要看脫上衣的『小鮮肉』，但在當年，『男女授受不親』，她們喜歡『奶油』小生。那些充滿男性性徵的『大隻佬』、『鬍鬚佬』、『壞男孩』全不入主流，故此，TVB 第一代紅小生，多是脂粉溫柔的，如梁天、陳振華、伍衛國等。你這『時代型男』要等到 1976 年的《心有千千結》，飾演一個浪子，才受到觀眾的認同，大紅起來，同期只有周潤發和你平分秋色，那些劉德華、梁朝偉還未出道。後來，台灣電視台來香港挖角，邀請你去當地發展。」

修哥謙虛：「感謝那時 TVB 的高層周梁淑怡，她看見我騎電單車，覺得有時代氣息；而我對演藝事業，一向隨遇而安，不刻意計較，我緊張的，是自己能否保持專業態度。」我說：「修哥你的臉很窄，鼻子高削，眼神憂鬱但執着，絕對是『型 look』，在那時的電影圈，不常見的。」修哥大笑：「那肯定了我的父親是我的爸爸！」我笑破肚皮：「可是，網上亂說『飛魚王子』方力申是你的私生子！」修哥，是圈中的愛妻號。

1989 年，石修移民加拿大，離開事業搖籃。1997 年，他回到香港，重踏影視圈，敬業樂業。

談到專業，我嚴肅地說：「修哥，你講了兩件事情，我作為『未來』老小生，敬佩的。最近肺炎疫情，大家都餓等工作，你卻推了內地一份優差，理由是『撞期』，竟然把鈔票掃走。另一件事，

有一位演員，因為厭倦了拍電影長時間在等候，等化妝、等打燈，她打算退出藝壇，你說：『各行各業，都有正負兩面，「負」的便叫代價，但代價不付出，便沒有收成，所以我願意為了拍一個鏡頭，呆等數小時，這付出是演員的理所當然。』」

我問：「如何演戲才是專業？」修哥想想：「演戲，我是『自學』的，沒有學術基礎；不過，我覺得好的演員，基本要看劇本三次：第一次，是了解角色的表層，簡單來說，便是角色初步的性格和特徵；跟着我會把劇本多看一次，加以懷疑，思考這個角色的矛盾所在，『黑是黑？白是白嗎？』例如角色是一個教授，但是，原來念書為了賺大錢，那麼，他到底有素養還是膚淺呢？如何表達這矛盾？最後，我會把劇本看第三次，我相信『白中有黑，黑中有白』，月滿則虧，要把角色演繹得立體一些，令觀眾感受到人性的複雜，例如《天龍八部》的慕容復，表面是貴冑般高貴和自負，實質是自卑和失落。」我笑，相人，更要看三次。

我說：「有些演員堅持 mark 劇本，那句長、那句短，連表情也預先設計，逐點寫下來！中國的『歷史級』演員紅線女，便是這樣做的。」修哥又想想：「這樣的好處是『想得很多』，於是角色的演繹，變得豐富，但是壞處也是『想得很多』，演出時，或變成拘謹，未必自然。我很少用這個方法，哈，可能我愛即興吧，就算音樂方面，我喜歡聽 improvisation，隨意的。」我的性格和修哥相反，旅行前收拾東西，跟着清單，花上數小時。

我好奇：「你相信『萬能老倌』或『百變演員』嗎？」修哥忖量：「那只不過是一種讚譽，好戲者如 Tom Hanks，總有自己的影子，所表達的『萬能』，仍是 Tom Hanks 延伸出來的百變吧！」

我問：「拍戲的時候，你會做甚麼？」修哥笑笑：「我不敢看書，怕會睡着，也不會玩手機，那令人『分心』。作為演員，要專注地觀察現場一切，和其他演員的表現，看看如何配合。演技是互動的摸索，是演員的攻防反應。」

我打趣：「攻防時，用五官哪部份？」修哥不假思索：「一定是眼睛，它是『另一説話工具』，好的演員，眼睛沒動，但是喜怒哀樂都看得出來，那叫『眼力』，反而嘴巴不適宜太大動作。」

我尋根究底：「那聲演呢？」修哥胸有定見：「廣東演員的聲音受限制。聲演分三部份：聲音的輕重、語速和語調。我有兩點發現，分享一下：廣東話是一個個『單音』組成，不容易隨便改語調，否則唸成另外一個字。舉例來說，英語説『I love you』，你可以高低抑揚，把它扭來覆去，結果還是『I love you』，但是廣東話的『我愛你』，發音變化不多，扭動了，唸成另一個字，普通話的音調，也比較容易變動；結果，我們唸『我愛你』，發揮性便受到限制。此外，廣東話的發音位置，我感覺多在喉嚨，例如我們説『停止』，聲量始終受限制，英文的『stop』，卻輕易由丹田發出，抑揚頓挫！」

修哥頓了頓：「除了五官、聲音外，演員的肢體語言，亦非常重要，舉例來說，眉毛動一動、或手指顫抖，已勝千言萬語。」

我的最後出擊：「有人説，香港藝員的演技愈來愈差，你同意嗎？」修哥搖頭：「不對，只能説香港的資金及條件不如人：由於製作預算所限，同樣一個電視劇，香港電視台一天通告約工作十二小時，需拍大約十場戲，剪接後約有十五分鐘播出長度，所有東西都『趕喉趕命』，和時間競賽。有些更到了拍攝當天，

才送上更改了的對白，演員被迫急就章，我們行內稱『吞生蛇』。我在其他地方拍戲，資源充裕，非常幸福，第一、有完整劇本，到了現場，不會隨便改劇本；第二、演員和導演有足夠時間溝通，多次修改，商討如何演好一個『場口』；最後，他們使用多部攝影機，多角度去捕捉演員的表情，出來的鏡頭，往往是最佳的。」

「山雨欲來風滿樓」，這個千古名句，可以形容今天香港影視業所面臨的危機，內地「水頭充足，扶搖直上」，我們香港是「老牛拉着破車走」：資源的拮据，不是説句「加油」，便可以解決。

我不是影視工作者，故此，説支持香港電影，沒有心同感受的傷痛，廚房有多熱，也是道聽塗説；但是，都「最後的晚餐」了，只好帶點葡萄酒奉上，為桌上僅餘的麵包打打氣？

# 楊立門：「熟」歌王

　　許碏，古代高陽人，才子，別人在吟詩作對，他卻自尋煩惱，跑到懸崖峭壁，為的是在石頭寫下「許碏尋到此」；有一天，他告訴別人，他是天仙，下凡作酒狂，別人都詫異，但見他滿頭插着鮮花，升上彩雲。

　　人，追夢，有些向上尋、有些向下尋；但是，上有下洞、下有上門，誰勝誰負，誰曉得？

　　楊立門（Raymond）自小愛唱歌，中學在高主教書院，已組band。1982 年，大學快畢業，他參加 TVB 新秀歌唱大賽，但參賽期間，政府取錄他做「AO」（即政務官，高層職系），為了穩定生活，遂退出比賽，不當歌星。往後數十年，官運亨通，官拜「常任秘書長」。突然，在 2014 年，54 歲生日那天，他宣佈退休，去追逐未了的歌手夢，官場震動，有人說他太自我，政府栽培了數十年，應該繼續服務社會；有人欣賞他，不戀棧權力，重覓理想。就這樣，Raymond 後來簽了環星娛樂，當上專業歌手，人稱他為「AO歌王」，香港歷史上最遲入行的新晉歌手。轉眼至今，又數年。

　　楊立門是我香港大學的校友、文化界的同道，大家熟不拘禮，客套話都打入冷宮。

　　李：我的命不好，哪有資格嫉妒，你一個人有二處收入：政府退休金、又做「歌星」，太太又有獨立工作，太好命！

　　楊：Maurice，你身兼作家，收入好嗎？誰都知道我又不是天

皇巨星，當今娛樂行業低迷，演出費「衰弱」，加上我又不是全職，內地的跑場走穴，我沾不了鍋，唱片和 DVD 更賣不了多少，而網上的收益，和歌手無關；我入行，想今生無悔，我登台，只有一個目的：滿足自己喜歡唱歌。

李：我的寫作收入，填不滿一隻小豬錢罌。你們當政務官的，二十來歲大學畢業，便被政府「揀卒」，作為高幹子弟，薪金特高，出入私家車接送，但會愈久愈「離地」，現在卻做個「鮮肉」歌手，和別人一起跑場登台，是否當年的「風流總被，雨打風吹去」？

楊：不是，是開心的「風流」，同行和觀眾，沒有高下之分。當官，身處添美道政府總部，開會多過「通街走」，或許和現實有距離，現在，我是平民一個，有「台」便登，接觸上、中、下階層的觀眾，坐劇院的、吃宴酒的、體育館的都有，要告訴自己「我不再是官」，是群眾的一分子，他們開心，我才稱職，要放下身段，從頭來過。我猜你寫文章，也要放下律師的身段？

李：對的，我寫的是「網文」，讀者可以留言批評，曾經有

讀者用髒話罵我，我不理解，但會原諒，樂意和街坊「虛與委蛇」，讓我作為文化人，會有更好的包容和智慧。

楊：我慶幸提早退休，容許我下半生有「第二春」，很喜歡現在的自由生活，有人願意買票聽自己唱歌，那喜悅是官場難以取代的。不過，我仍然關心社會，故此，偶爾寫時事評論文章、上電台做 talk show，和市民分享看法。至於登台，真的改變了我：觀眾便是朋友，不能擺架子、不可耍脾氣，雖然心底喜歡中環大會堂劇院，而在宴會廳或酒樓唱歌，音響欠佳，台下的觀眾未必專心，嘈雜混亂，但是，這正是我要學的寬容。哈，來吧！一起熱鬧吧。

李：你尚算新手，有沒有甚麼慘痛的登台經歷？

楊：有，那叫 Murphy's Law（墨菲定律），「凡事情出錯，便愈錯愈多」。

李：嗯，我們行內叫「黑仔」或「邪門」，遇到錯事接二連三，廣東人會吐出口水，喊一句「大吉利是」，聽説惡魔便跑掉！

楊：最難忘有一次由香港管弦樂團伴奏，我和歌劇著名演唱家 Lea Salonga 合唱名曲 *A Whole New World*，有點緊張，但愈緊張愈出錯，結果唱錯了歌詞，內疚到無地自容。另一次，我唱粵曲，前段是鑼鼓，沒有入門音樂提示，排練時，已經入錯 key，練習多次，以為問題克服，誰料正式演出時，還是錯了調子，滿頭冷汗。你有沒有寫作的慘痛經驗？

李：我是小心的，一般文章，修正五至六次，才容許「出街」，但是身旁的同事，常常大意。最生氣的一次，文章明明寫對了「越南」，那報館同事以為我錯了，改寫為「愈南」，氣得七孔流血。

楊：以你完美性格，有沒有把他「宰掉」？

李：沒有，但「以下犯上」，責怪了他，以後，他不再服務我了。做了數年歌手，你建立了「粉絲群」沒有？

楊：薄有成績吧。我的聽眾多是斯文禮貌，哈，可能是以前的同事「畀面」，但是，舞台是殘酷的，演出欠缺精彩，或長時間沒有演出，觀眾便把你忘記，所以，最近由於 COVID-19 疫情，歌手未能登台，於是，我便做網上演唱，和歌迷保持聯絡。歌迷像儲蓄一樣，要逐個逐個留住的，我有自己的網頁和「粉絲」交流，有些粉絲知道我過去的背景，向我請教如何報考政府工，歌手要回應這些問題，本來頗「搞笑」，但是我都作答。

李：和讀者聊天，這方面我比較冷淡，自己寫的是評論文章，許多觀點，見仁見智，不必掂斥播兩，找出真理，因為真理是不存在的。此外，我們當作家的，有一個好處，不用打扮見人。

楊：如果我二十來歲入行，沒有積蓄，家境又不富裕，作為歌星，財政壓力會很大，有些歌星，天天要換新衣，還有弄頭髮、化妝、交通、健身、facial，每樣非財不行，跟着，最好學唱歌、跳舞和儀態，沒有數十萬的彈藥，才不敢踏足歌壇。現在，太好了，我並非「偶像派」，登台，只要不是污七八糟，而每次出場，交足功課，便功德圓滿，以我目前景況，不是求財、也不求紅，那些「爭獎項」和「爭排位」的扯髮行為，已無關大體。一般演出，小弟只要買衣服，髮型和化妝，經理人公司會提供，如果是個人演唱會，主辦單位更送我服裝費，所以我收入不多，但開支也不多呀。

李：Raymond，以往我們在政府合作，你是高高在上的 boss，手下陪伴左右，還有那些專向官員獻媚的「馬屁友」，沸

沸揚揚，現在，一個人化妝以後，安靜地坐在後台等待別人差遣，習慣嗎？

楊：我才「明白事理」呢，虛浮和現實有別，以往，別人在乎我，可能因為我代表政府，而退下火線後，我只是路上行人一名；今天，能夠當一個普通歌手，已錦上添花，難道還期待放炮仗、夾道歡迎？而且，我也不喜歡這一套，「人走茶涼」，是天經地義。在後台，當我看到同台安淡地演出的，竟然是曾經紅到發紫的大歌星，如 Joe Junior、楊燕、謝雷，更明白人心。

李：你在香港大學，年青英俊，唱歌又好，女同學迷死你，你是「女殺手」。我想問：對未來的歌唱事業有何期待？

楊：我野心不大，還記得一句話「活着，便好了」，只想在疫情過後，繼續快樂地登台唱歌，就算網絡騷（它已成「新常態」），亦甘之如飴。我在創作普通話歌曲，希望可在網絡發表，讓多些人認識。我曾經望着紅館，在想：數十年來，多少香港及國際的巨星在那裏登台，有些老了、有些走了，而新的一批歌星接棒，台上依舊笙歌燕舞，沒有人會霸佔舞台一生一世，但是，我們當歌手的，樂意飛蛾撲火，舞台雖然無情，但是我們有情，因為我們喜歡唱歌。

李：媒體生存困難，文章再沒有「黃金屋」，我們作家卻一個又一個自投羅網，粉墨登場，送上文章，道理其實一樣：「只因喜歡寫」。興趣，從來是被「凌遲」的理由。

想到白先勇《金大班最後一夜》的名句，「舞女，不是人嗎？」，嗯，我穿上 Werner Kern，提筆入廣場……

# 雷楚雄：四星星

　　世人認為：真醜，便是假；假美，才算是真。四位名演員，如何美得真材實料？

　　有兩種美：現實生活中的美和電影作品上的美，屏幕上的東西才不在於仿製真實，而是製造美麗錯覺！

　　想到「三八」的樂趣，殊途同歸：和老朋友「講是非」的時候，一切視為真相，誰管和事實不符，哈哈哈過後，俱付笑談中。

　　我和雷楚雄相識二十多年，有很多共同朋友，每次見面，搭對「三八」線，開心至死。

　　Bill（他的洋名）是香港電影美術學會（Hong Kong Film Arts Association）的前會長，受尊敬的前輩，為人誠懇、溫文風趣。1978 年至 82 年，在英國 Berkshire College of Art and Design 念電影及電視美術設計，畢業後，在 BBC（英國廣播）工作，但是，媽媽在家中暈倒，Bill 回港照顧她，之後進了 RTHK（香港電台），跟着轉去 ICAC（廉政公署）拍片，因水土不服，Bill 又回去 RTHK，做節目主任。當年，是香港電影的火紅薩日朗，名導演林德祿是 Bill 在 ICAC 的前同僚，在 1988 年拍一部電影叫《應召女郎 1988》，他邀請 Bill 擔任美術指導，雷楚雄鼓起勇氣，正式投身電影。Bill 在業內超過三十年，2004 年獲得香港電影金像獎「最佳美術指導」，曾在香港和內地工作多年。我問 Bill：「你算是香港第一代的美指？」他笑道：「不算，張叔平和奚仲文等才是，

我八十年代尾才入行，算是第三代吧！第一、二代多是偶然入行，其後才有我這些學院派加入。」

　　我好奇：「作為美指，你遇過『優良互動』的演員？」美術指導（Art Director）和他的上司美術總監（Production Designer），在一部電影中非常重要，他們負責場景、道具的設計和製作，配合服飾、髮型、化妝的整體效果，和燈光、攝影、特效的互動，設計出整部電影的視覺風格。雷楚雄最初是美指，接踵為美監。Bill 想想：「我最欣賞蕭芳芳、任達華、張曼玉、謝霆鋒，一言蔽之，有智慧、認真、專業。對於美術安排，他們非照單全收，而是有商有量，自己做好功課。」我同意：「他們都是公認的好演員！」Bill 補充：「好演員是指他們的演技，我反而

稱讚他們對美指的『增值』幫忙。被動的演員到場拍攝交差，對其他未必關心。」我點頭：「對，有兩類演員：只關心自己在電影裏好不好看，有些更要求自己帶化妝、髮型，管它和電影配不配合；有些則『闊佬懶理』，就算服裝不連戲，也不知道。」Bill 說：「他們有些太計較自己的形象，另外的則欠缺自信，不敢改變。」我說：「前陣子看訪問，有人說『電視一姐汪明荃拍劇時，發覺傢具不對勁，於是叫導演去她的家搬東西來替換』。」Bill 說：「如果導演同意，這是很好的互動！」

蕭芳芳，原名蕭亮，香港紅極一時的女星，在五十年代，為了解決家計，6 歲便入電影圈，獲獎數十項，今天約 73 歲。她最厲害是在 1995 年（憑《女人四十》）和 1996 年（憑《虎度門》），連續兩界獲得金馬獎最佳女主角，成就超凡。

Bill 回憶：「大概 1996 年，蕭芳芳演出《虎度門》，講一個縱橫粵劇界的『文武生』，面對人生的變化，芳芳姐特意跑去大戲後台觀察了十多個晚上，筆錄梨園老倌的生活細節，例如她們穿的衣服很花、戴的墨汁鏡很大、愛配的金器很『搶』。芳芳突然提出：『Bill，可否給我準備一個小茶壺作為道具？原來大老倌需要暖茶護嗓，故此，每人的化妝箱上，都放了一個小茶壺。』她的細微觀察使《虎度門》的場景道具多了質感。」

Bill 也喝了一口暖水：「芳芳姐嚴謹，會追查大老倌塗甚麼香水？知悉了她們喜歡挑一些味道濃烈，氣派古老的香水，芳芳自己的香水選擇一向清雅，竟然買了這些『攞命』的香水，拍片時噴上身體，引導其他演員投入她的角色。那瓶西班牙香水是她在連卡佛買的。」

我讚嘆：「用『一絲不苟』來形容蕭芳芳是最貼切的。在一次活動中見過芳芳姐，那是一個關於『女性自強』的展覽，她老早到場，向大會了解詳情，然後認真準備傳媒的訪問。」

　　Bill 歇一會：「第二位我鼓掌的是任達華，他懂得藝術和設計。在 1994 年，我協助唐基明導演拍攝《雞鴨戀》，由於角色是一個高級男妓，應該穿着名牌服裝，但是電影的預算有限，正在苦思如何解決，Simon（任的洋名）知悉後提議：『不如這樣：你和我一起去 Joyce、Lane Crawford 這些名店買衣服，一半由預算支付，另一半，我自己出資，因為我想出來的效果是最好的！』跟着不用我提醒，他立刻跑去健身房 Tom Turks 鍛煉身材，配合舞男的角色。」

　　我回應：「我認識的任達華，對工作的熱愛，簡直叫人張口，他每天運動、節食，便是要自己有着『一線』男主角的身形。疫情期間，他沒有停下來，飛來飛去工作，一會兒在內地、一會兒在外國。我覺得蕭芳芳像媽咪一樣，照顧大局，而 Simon 則是一個獨立、專注做好自己的個體。」

　　Bill 駁着：「第三個我喜歡的演員，是唯一的華人可以在柏林和康城影展奪得『影后』的張曼玉，她特別的地方是信任美指、容易遷就我們，只望電影在她的參與下，相得益彰。」我說：「在吃飯的地方見過張曼玉兩次，只要站着，便把全場氣氛懾着，她的氣質是非一般庸脂俗粉可以比擬的。」

　　Bill 同意：「在拍攝《應召女郎 1988》的時候，她演一個賣肉賺錢的小明星，有一場戲，她為了要演出真感情，竟然叫我在她入鏡前，狠狠地摑她一巴掌，我只好照做；此外，和張曼玉多

次合作，她總會説：『Bill，我對造型的要求，便是所有東西要貼近角色，甚麼衣服我都願意穿。』有些裝扮，會顯得她身材不好，Maggie（她的洋名）會説：『只要配合到角色，反映到她的背景，我便 ok。』」

Bill 想想：「還有兩件事我沒法忘記：有一次拍戲，講到張曼玉和男朋友談婚論嫁，要見家長，和 Maggie 談及此場服飾，她提議：『這女人會穿粉紅色的衣服。』問她為甚麼？她説：『粉紅色代表少女情懷，多壞的女人也想在未來家婆面前，顯得純情一點。』又有一次，她要扮演一個六十年代的秘書，我找了些當年女性照片給她看，Maggie 説：『這些照片都不適合，她們不是模特兒就是明星，眼線既粗又黑；我認為一個小秘書，不會這樣化妝，我記得媽媽以前也不會如此濃妝！』」

我插嘴：「我遇過一位『小鮮肉』男演員，沒有在家讀好劇本，去到現場，靠保姆一句、一句地唸對白給他聽，廣東話叫這些人做『懶到出汁』！」

Bill 感喟：「有些演員，斤斤計較，他們不知道所謂『蝕底』，其實是一個學習的機會，年輕一輩的演員，最願意為工作而犧牲的是謝霆鋒，是每次都交足功課的『拚命三郎』。在 2007 年，我和已故導演陳木勝合作，拍《男兒本色》，有兩場戲把我嚇個半死：第一場戲，他要和吳京、伍允龍從十樓高的天台跳落另一座大廈的天台，中間有三層樓的落差，吳和伍都有武術底子，應可勝任，但是霆鋒沒有『吃過夜粥』，卻堅持不用替身親自演出。在另一場戲，他要從巴士跳下來，導演建議用替身，這個勇猛少年當時已很累，但堅持親身上陣！」

我聽過很多人稱讚謝霆鋒，說他有責任感，又有義氣。

Bill 搭腔：「和演員討論角色造型，我們要考慮演員的外在條件和他的心理狀態，才一起配合。在電影《男兒本色》，謝霆鋒演便衣警察，因為女朋友被炸死了，變得頹廢；要令霆鋒『酷』一點而又符合劇情，於是，我向導演提出把他未婚妻的職業改為 fashion designer，那麼，就算她死了，必然留下一大堆她為男朋友買的『型仔』服裝，導演接納，霆鋒這態度開放的演員，接受我的新想法。在另一個場口，述及霆鋒要性感但不能『肉感』，聰明的他立刻說：『給我一件背心！』果然，穿上後，便達到導演心目中的效果。霆鋒不單有要求，他還會協助美指完成任務，優秀便是這樣。」

雷楚雄說：「拍電影，好玩的地方是『遇強愈強』，碰到上述的演員，會精彩萬分，但是踩到一些愛理不理、『死蛇爛鱔』的對手，會吐血身亡的。身為美術指導的我，發覺一個成功的演員，除了演技以外，還擁有一個運動員的鬥志：既然參加了比賽，便要準備充足，以最高狀態取勝！」

如果演員是運動員，導演一定是教練，那麼，美術指導是甚麼？一定像和 Nike 合作，計出精巧運動衣的 Riccardo Tisci——我的偶像！

# 甄詠蓓：教戲忙

　　困難，如一個淺灘，走不了的，總得想辦法：爬行好、龜泳也好。若不動，鹹水泡腳。安全？沒有這回事，但憂患意識，卻可防止危機如大浪湧至，殺個片甲不留。

　　甄詠蓓和我談天，說了多次：「人，要擁抱變幻時代！」我也學習中，常以為新希望來到，卻又打水漂。

　　詠蓓（Olivia）是舞台界擁有風骨的藝術家，「教母級」地位，這稱號雙重意義，隨着年紀，她從前台走向後台，展開藝術教育。她說：「太陽光芒從天頂落後，我領悟到自己的責任，要協助旭日初升。」

　　對着這個曾經合作的夥伴，敬重不已：數年前，我搞了一個「藝術流行音樂會」，要有戲劇元素，邀請她做導演，她一貫的溫柔、利落：「好，反正我從未導演過『流行音樂會』，還添加了藝術，正好嘗試，何時拿合約給我看看？」和她工作，要有「考牌」的準備，幸好我血嗜思考，應付了她的問題「Why？」、「Why not？」，如事情缺乏理據，她不會同意。後來，她接了另一工作，因為團隊不理想，Olivia便把工作推掉；她聳聳肩：「少了收入吧，但行的！」還有，甄詠蓓教了我一個道理，獲益非淺；她說：「我們做創作的，要和不同人交手，才擦出新的火花，但是，有默契的隊友仍重要，所以，每次最好七成是舊人，三成是新人。」

　　七十年代，在香港搞音樂劇的，歌星居多，如潘迪華、羅文。

到了八十年代，「學院派」接踵做音樂劇，Olivia 是當年第一代花旦！

Olivia 說：「我相信命運：五十年代，媽媽是廣州粵劇紅伶林月明，爸爸為劇院的繪景師，姨丈是老倌新馬師曾的兄弟，姨母在荔園演大戲，他們從風光的年代滑落。我看到他們生活不容易，明白表演行業的不穩定，虎變不測，當年粵劇被時代淘汰，很多人失業。恰恰，八十年代的我竟然投身演藝界，面試香港演藝學院（APA）的時候，還唱粵曲呢。我念培道中學，成績不俗，本可上普通大學，哈，命運的擺佈吧，我卻追隨了父母的道路。藝術，可以朝不保夕，充滿隱患，我常常害怕，噩夢會重複，難得你訪問我，我來做個『敲鑼人』！」

我開玩笑：「慢打鑼！」Olivia 思索：「1990 年，我 APA 畢業，1993 年創辦劇團，當年，是劇場人的黃金年代，四個理由：香港的劇場熱潮剛剛起步，甚麼劇目都是新鮮，有一批捧場客；第二，APA 的畢業生不多，我才是第三屆，『搵食』的人未算擁擠，競爭沒有今天劇烈；第三，政府發力推動戲劇，機會比現在多；最後，數十年前，只有電影和電視作為娛樂，沒有五花八門，現在叫大眾買票入場，他們會說：『對不起，回家玩手機。』」

我感同身受：「我法律系畢業的八十年代，一年只有 50 個律師，現在，每年『生產』500 個律師，教育的『量化寬鬆』，本望出現更多人才，現製造更多平凡人。大學畢業的中英文水平「披頭散髮」者，比比皆是。如果現在仍有人說：『我是社會的優秀棟樑，因為擁有大學學位！』大家會笑你傻！」

Olivia 喜歡清茶，一口後：「九十及二千年代，經濟欣欣向榮，

劇場人要養活自己，並不困難；表演、配音、電台、電視主持等等，不勝枚舉。當時，社會單純，人追求更高思想層次，觀眾看完一齣劇，會寫評論、互相『筆戰』，現在的隱患是大家太忙、太多興趣、太 online、太冷感；劇場人要尋找新路向。」

我關心：「2019 年的社會動盪和 2021 年的肺炎疫情，情況更糟？」Olivia 說：「對的。」我點頭：「我接觸許多藝術工作者，失去工作，多個月沒有收入，儲蓄又花光。唉，我這般年紀，也

未看過劇院這般悲涼：拿着門票，膽戰心驚，不知節目何時取消，或突然調到早上演出。文化中心被迫鎖上出入口，看表演的人，要經小門口，『走難』一樣。觀眾的心情，大打折扣，我去過一場話劇，只餘數十人。街上動亂起來，節目立刻腰斬，觀眾趕回家。最傷感的，是大家怕街上出事，沒有交通工具返歸，看完話劇上半部，便急急離開。」

Olivia 咬着唇：「劇場人，為了夢想入行，但是，當危機來到，行家應該思考『B 計劃』，現在，生計是一個問題，『網上演出』流行，又是另一個挑戰，怎樣變則通？否則，恍如我父母年代的危機會重來！」

我搖頭：「我認識一個行家，搬回家和媽住，暫做 foodpanda 送外賣，『頂住先』！」

Olivia 說：「Theatre 除了是台上的表演，劇場人抒發技巧、創意和思想的工作以外，可否有第四或第五個可能嗎？」

我想一想：「『劇場』可以走出劇場？」

Olivia 點頭：「Theatre 其實還有其他價值，例如戲劇可以幫人們思考，尋求生命的意義；訓練人們有『創意思維』和『組織能力』；更可以改善一個人的表達力。」我同意：「劇場更是『群體』的活動，大家學到了合作。」Olivia 接着：「劇場又可以讓人放低負面的情緒，如抑鬱和擔憂。」我點頭：「這叫 art therapy（藝術治療）！」

我笑：「科技行業，有句話叫『deep learning』（深度學習），現在，戲劇行業應改稱『deep applying』（深度應用）。藝術家從舞台走入社會、走入教育、走入每一個人的生活；市民參與戲

劇活動後，無須做專業劇場人，但可應用 theatre 的好處在生活中，不是很好嗎？藝術家可度過了難關，普通人通過戲劇，增添正能量。」

Olivia 沉思：「近來，香港人面對一次又一次的悲情，但是，對劇場人來說，這些痛苦，是創作的泉源，是情感的堆積，大家要把『悲劇』變成『喜劇』。我深信，只要我們劇場人不倒下來，某一天，作品，經歷過大時代的洗禮，只會更動人；世界，經常關注香港這大城市，只要有好作品，必定引起回響。」

我托着下巴：「寒冬，你怎樣過？」Olivia 帶來冬暖：「我把戲劇送去社區：每一個人，不分年紀，都來和我『玩』；場地可以彈性，校園、社區中心、空地，甚麼地方都可以舉行。形式也很多元，表演和討論都可以，最重要在過程中，大家從快樂中得到啟發。」

我取笑：「覺得不務正業？」Olivia 失笑：「哎吔，這也是正業。我去過英國念書，跟隨大師 David Glass，演出也多到記不起；做導演，甚麼劇種都試過；拿獎，也償過心願。重複過去的，不是我的心願，Mr Glass 說得好：『戲劇，要接觸人，感受人的內心，關心他背後的世界。』我喜歡這戲劇人生的新方向，我放下過往的定位，憑過往的經驗，建立新路向。」

我問：「你的抱負包括在內地發展？」Olivia 認真地：「我在內地工作過，要在內地立足，並不容易：意識形態的規定，要重新認識。跟着，工作流程，又是另一套規矩。語言也是一個問題，我不是指普通話，而是行內術語，內地和香港截然不同。除非很有野心，否則，在內地打拼要付出，才會有成績。香港要打開國

際市場，或會更容易，因為香港劇場那一套方式，是國際的慣例，不用太多磨合，便可以得心應手。」

我舉例：「導演鄧樹榮把莎士比亞劇改為『港風』，輕而易舉在歐洲引起關注。」

依依不捨，和甄詠蓓聊下去：「你喜歡網上演出嗎？」Olivia搖頭：「不算喜歡，太冰冷了，但要接受，始終人和人在一起，感覺到『溫度』和『心動』的交流，人和人的電力，不是手機可取代的！不過，為了生存，只好擁抱科技，因為 online 使更多人認識我們的作品。目前，網上演出，多沒有收入，但在 online 演出後，樂觀地想，往後買票入場的觀眾會多些！」

最後一問：「Olivia，你怎樣看大灣區藝術市場？」她很幽默：「哈，那是『樓花』，下了訂金，要等房子落成，但我不懂。」

大家過於恐懼未來，卻忘記用「擁抱」來克服害怕，趁今年今夕，香港的空間仍有餘、力量仍游刃，用半條繩索，抓緊可能的機會；當我們擁抱變幻的時候，左邊是理性的思量，右邊是感性的多巴胺，穩妥地，攬緊時代，爬上山坡！

# 廖國敏：指揮鬥

少年不識累滋味。

香港是國際級的金融城市，卻仍未是一流的文化藝術都會，那如何培養人才？說是簡單的：提供優秀的教育、包容的環境，把才華小鳥放離這置錐之地，看看世界，呼吸失敗、咀嚼欺凌，然後回來，立志為香港發光發熱。放下，再擁抱，「像極了愛情」！

近年，國際音樂界都知道，香港「出產」了一位三十來歲的世界指揮廖國敏（Lio Kuokman），因為肺炎疫情，他不能世界巡迴演出，關了在香港。Kuokman 說：「也好。近年，一年飛三百天，睡醒了，張開眼睛，不知身在哪一家異國酒店；現在享受『貼地』的生活，表面無所事事，但活出另一意義：斷了收入，穿回『街坊』裝，去尖沙咀誠品書店看看書、在朋友中環的咖啡室幫幫忙、學做 barista、去西貢玩 wakesurf。過去，天天在忙，現在尋回失去的時光。」對，工作和生活，好像栽樹和乘涼的因果。

和香港管弦樂團的要員 Vennie Ho 談天，她數十年來，看盡無數的名指揮家，Vennie 說：「成為頂級指揮，要先天加上後天的努力，他們擁有四大能力：出色的音樂才華；第二，具清晰的溝通能力，帶領所有樂師發揮所長；第三，豐富的創作力，用自己的想像力去演繹作曲家的作品；最後，有超常的記憶力，最好把整個樂譜記下來，在演出的時候，便會一氣呵成；廖國敏是這類才華出眾的指揮家，他和樂團剛剛在 7 月初合作的音樂會，展

現了他的功力。」我同意：「管弦音樂會要現場看，在好的指揮帶領下，看到近百支弦弓，齊上、齊下，如石破天驚、風雷雨打，我的心會跳出來！」

Kuokman 是香港和澳門的結晶品，有明燈才有影子：八十年代，在澳門出世，媽媽極愛古典音樂，4 歲的時候，帶他去聽一個 community orchestra，當看到台上有一個男人拿着一支「筷子」在揮舞，便問媽媽他是誰？她答：「那叫做『指揮』！」自此，他立志要做那「筷子人」，於是請求媽媽送他去學音樂。5 歲時，Kuokman 開始學鋼琴，媽媽開玩笑：「如你沒興趣，便不要學下去，免得浪費金錢。」在 15 歲那年，Kuokman 贏了一個音樂比賽，獎品是香港演藝學院的一個週六音樂課程。每個週末，他孤零零地坐船來香港上課，然後又孤零零地坐船回澳門。如是者，Kuokman 度過了兩年的音樂人生。到了 17 歲，演藝學院錄取了他，最初是兩年文憑課程，接着是三年的學位課程。2003 年，Kuokman 畢業，他說：「感受最深的是寂靜晚上的演藝學院，因為每天留在學校，一個人練琴到凌晨三時！」我開玩笑：「不怕鬼？」Kuokman 失笑：「我念書要靠獎學金，成績太重要，鬼也怕不了！」

我單刀直入：「國敏，怎樣才算是出色的指揮家？」Kuokman 說：「利用指揮棒，由 downbeat『颼』的一聲，他開始揮動精準而完美的樂韻，讓樂團隊友和觀眾同時水乳交融。」我問：「最困難之處是？」Kuokman 笑笑：「是『一心三用』，即腦袋要處理三件事情：現在的 moment，如何指揮好音樂？剛才的 moment，有甚麼不足的地方，一會兒如何改善？下一個

moment，要如何處理，比這一刻更出色？」我好奇：「那你為何
做得比其他指揮家好？」Kuokman 謙虛地說：「也許是我的溝通
及感受能力，因為在排練時我很快可以掌握及了解到某個管弦樂
團的音質和各聲部的特點，也很快讓他們知道我想表達甚麼，於
是，85 至 95 人的樂團，二十多種的樂器，便掌握於手中，當節
拍一出，所有人和我一起出閘，編織一個震撼的音樂故事！」

　　我問 Kuokman：「許多年輕人想跟隨你的成功之路，成為國
際級藝術家，有甚麼條件呢？」他搖頭：「我其實壯志未酬，不
過，首要條件是鬥志，而且是『超級鬥志』。從演藝學院畢業後，
我知道面前有一個個的事業『擂台』，而且我要爭取獎學金才可
以打下去，如果我想做一個國際音樂家，便要闖世界級的擂台：

第二章
人見人

第一個擂台便是打入成立於 1905 年，坐落於紐約市的頂級表演藝術學府 The Juilliard School（茱莉亞學院），我念的是鋼琴碩士，但是死心不息的是當指揮家。兩年後，從 Juilliard 畢業，我打算挑戰人生的第二個擂台：成立於 1924 年，『指揮』學科最有名的 The Curtis Institute of Music（柯蒂斯音樂學院），我興奮地告訴媽媽，決定以指揮為終身職業，她一貫地冷靜：『好，但你要考到全額獎學金，生活費，用自己的方法「搞掂」！』Curtis 是極其嚴格的：它一年才收一至兩個頂尖的學生，老師對學生的比例是 2:1，名師會天天督促你。可是，學院的三天考試是可怕地艱難：首先要過一個筆試，然後是聽覺測試，跟着在沒有準備的情況下，會擲來一份鋼琴樂譜，立即演奏；最後，要求我用短時間準備，指揮 Curtis 校內的管弦樂團，真的非常『攞命』。我慶幸打贏了這場仗，入到了 Curtis，是我成功的半張入場券！」

我想起了香港電影《打擂台》的一句金句「唔打就唔會輸，要打就一定要贏，只要你敢打，你已經贏了自己」，廖國敏的鬥志，便證明了這點。

我聽了 Kuokman 的話，感動得很，再問：「此外呢？」Kuokman 頓頓，吸了一口氣：「要有毅力，捱過生命的低潮。」我失笑：「你不是少年得志嗎？」他搖頭：「絕對不是！年輕朋友要記着，做藝術工作，一定要堅持信念，走過低谷，死不去，機會便會來臨。不過，『機會是留給有準備的人』，在低潮時候，切勿轉行，或自暴自棄，應該利用這空檔，增強自己。當機會來臨時，人家考慮你是否『有料』的時候，立刻顯示實力，奪取這機會，如果到時才努力，一定來不及的！在 2009 年，我離開了

Curtis，原本在費城郊區有一個小型管弦樂團給我第一份指揮工作，但是，金融海嘯突然殺到，它破了產，因此，在 2009 年至 2014 年的五年內，我過着浮浮沉沉的藝海生活，只好為學校做伴奏，在 Boston 住『板間房』，為了生計，到處找兼職，常常擔心生活。但是，我沒有放棄，凡有樂團請人，我會努力練習樂章，希望以最佳狀態去爭取工作，可惜往往事與願違。2014 年，機會來臨了，我參加了法國一個著名指揮大賽，得了亞軍；跟着，五大樂團的 The Philadelphia Orchestra（費城交響樂團，創立於 1900 年）聘請我做 assistant conductor（助理指揮），這件事情從此改變我的命運。」

我們從事文化藝術工作的人，「有錢沒錢」也應該天天做，已經不是熱情這般簡單，投入，變成一種信仰。小時候，我差不多每個星期寫一篇文章去報社投稿，還得省錢來買郵票。那年頭，沒有影印留底這回事，報社不用你的文章，連稿也不寄回，心血石沉大海，我常常對着空氣發呆，等待幸運。寫文章這件傻事，叫我傻到今天，但我知道世上會有人欣賞我；當年，父親把我徵文比賽冠軍獎狀，放入相架，掛在牆上。

我看着 Kuokman 趕吃他的意大利麵，問：「第三個條件？」他抬起頭：「是世界觀。做個世界級的藝術家，意味着你屬於地球，不屬於某處地方，舉例來說：我現在的家有澳門、香港、台灣、巴黎；演出地點包括歐洲、亞洲、美洲；我的經理人公司在英國，合作過的樂團包括莫斯科、上海、台北、波蘭，以及遠至西伯利亞的音樂家。一年三百六十五天裏，星期日飛去一處新地方，然後適應不同的樂團、劇院、工作人員、食物、酒店，以至

氣候，在週末演出後，匆匆的收拾東西，星期天又趕去機場，投入另一處演出的準備。我的行李箱是流動的家，放齊了春夏秋冬的 formal 或 casual 的衣服。我像一隻小鳥，飛呀飛，但是，這樣才能燃起我的鬥志，三百天在工作的時候，我精神奕奕，反而停下來休息時，卻病起來！」

我聽得毛骨悚然：「太可怕的生活，以我這個年紀，一定氣絕身亡。唉，擁有青春的，真討厭！現在流行 online concert（網上音樂會），將來你會輕鬆一點吧？」Kuokman 語氣肯定：「現場聽音樂會，是全身細胞的立體享受，online 是看着屏幕的活動，不可能相比，看情況，還是會有人找我飛去做 guest conducting（客席指揮）的。而且，開玩笑來説，歐洲國家最願意花錢在足球和音樂這兩件事。在 2017 年，我離開費城交響樂團後，多了時間與世界各地樂團演出，讓我的音樂走遍世界，世界的音樂也流入我的血液裏！」

廖國敏的勤奮自立，應該讓許多香港年輕人汗顏。我們這些中年人，常常對着新一輩搖頭：疏懶、缺乏大志、諉過於人，大學畢業，還叫父母安排工作、支付婚宴、買房子。他們恐怕要刮骨療毒，才可醫治這種「脊椎彎」症。

在結束這次愉快的聚會之前，我問 Kuokman 有甚麼話要送給香港的年輕人？他語重心長地説：「尋找人生，不要只往錢看，相信自己的興趣，把它變成信念，不要讓別人的享樂，成為你的引誘，要不斷磨煉自己，但是不要『人比人』，應該和自己比較，今天比昨天進步嗎？明天又如何做得比今天好？好像很『老生常談』，但是，因為這些看法是真理，才能行之久遠。」

我同意：「有哪些建議，送給香港和澳門的音樂發展？」Kuokman 説：「能夠改善一下演出場地便好了，香港的音樂廳有點老舊，而澳門的，更只是一個綜合場館，日本、韓國、上海、深圳都在這方面比我們優勝。」

我笑道：「在外國多年，你有崇洋的心態？」Kuokman 認真地：「絕對沒有。我在外國打拼，總會感受到種族歧視，哪會崇洋？只不過，古典音樂來自西方，我要尋根溯源地學習管弦樂，當然要往西方啦；假設我是一個川劇的演員，自然會飛往成都浸淫。」

「不入春園，怎知春色幾許」，我的大半生，徘徊於俗塵市集。有些年輕人今天變了，不俗氣，不是為錢而活，而是為夢想規劃未來，不要取笑他們，「看的這韶光賤」：有些朋友做了廚師、有些做了長跑教練、有些做了幼稚園老師，更有些去了難民營當義工。往後，大家欣賞一個人，不會因為臉上貼了多少塊金箔，而是在乎他的胸懷還滾動着多少動人的豪情！

# 朱芸編：香港味

祖國強大，香港失色，音樂市場換陣。音樂人，如天星小輪，猶豫於中環和尖沙咀之間，思索定位。

諺語「有麝自然香」，比喻有才能的人，終受器重，得到機會。另一句話是「長江後浪推前浪」，有實力的前浪，不被後浪推倒，看看影圈的曾江，1955 年入行，今天仍然「有客有貨」，而後浪要真材實料，才可突破前輩，看看我的小輩朱芸編。

1990 年出生的朱芸編，父親是二胡家朱道忠，近水樓台，朱芸編（Wan）也成為二胡演奏家，他土生土長，在「男拔」念中學，然後，去倫敦國王學院（King's College London）念學士、英國皇家音樂學院（Royal College of Music）念碩士，獲多項國際音樂獎。他回港後，佳績豐碩，不負中學校長張灼祥所望。

7 歲那年，他偷偷拿起父親的二胡來玩，被爸爸發現；Wan 自此走上二胡之路，但是，命運是頑皮的：從演奏舞台，Wan 意外地踏上配樂事業，全因電影人泰迪羅賓及郭子健的引薦。第一部配樂的《悟空傳》，票房超越一億美金；第二部《哪吒之魔童降世》，投資七千多萬，內地票房達五十億。朱芸編說：「我喜歡別人叫我『音樂人』，不是『音樂家』，我是一個普通人，做着自己熱愛的事情。」

中環，是香港精英雲集的地方，我們跑中環的，天天和朋友打交道，智者認為香港面對的，是「結構性轉變」（structural

transition）：

❶ 內地開放進步，香港不再是「gateway to China」（通往內地的閘門），優勢漸弱。

❷ 隨着生育率下降及市民長壽，香港人口急劇老化。

❸ 香港地價高昂，但是基層工資低，在疫情影響全球下，本市的生活指數仍是第一，草根家庭的年輕人，如果趕不上金融、電商、科技、創新這四架列車，上流受阻。

❹ 在香港，工業已弱，除了金融業獨秀，其他收益靠服務業，如餐飲、零售等，內地經濟好，這些便水漲船高，但當「大圍」衰退，要搞其他生意，寸步維艱。

❺ 香港的行政制度日漸「栓塞」，許多改革，「轉身」都有困難，如二十多年前提及的「六大產業」，即文創、醫療、教育、創科、檢測和環保，未見成果。

❻ 內地富人跑來香港買資產，而做生意而富起來的港人又很多，加上本地已經坐擁資產的，在全球貨幣「量化寬鬆」下，價值倍增，更加富貴，可是香港的稅制，堅守「低稅率」，未能調節貧富差距，香港年輕人想均分財富，難上加難。

❼ 香港人以往的競爭力，是教育程度較高、懂英文、辦公室經驗豐富等，但是，其他地區在人力資源方面，日益改善，我們的強項，不再明顯；明顯的反而是香港的精英，像「M」字的中端，喪失社會影響力，急促下墜。

在此複雜形勢，說衝破困局，談何容易，連政府都「綁手綁腳」。作為年輕人，除了逆流喘泳，或隨遇而安，那些想「搏殺」的，你們立志，要把「鴻圖」擴大至內地，投入「大眾創意，萬

眾創新」的時代潮流，管他十四億人口，就來一個龍爭虎鬥，就算失敗而回，也曾痛快。當然，如你在香港順暢，收入好，則作別話。有些年輕人告訴我：「想每天回家吃晚飯！」別的說：「怕適應！」無言。

朱芸編的「闖出半邊天」，而且不用移居，是我想借用的正面例子。

Wan 說：「我們生於斯，長於斯，當然最希望為香港音樂出分力。但如果要到外面闖蕩，香港人其實擁有獨特的『香港魅力』，就算成不了內地的主流音樂，香港音樂人的特點應會有一席之地。」我點頭：「這是『有麝自然香』的定理。」

我說：「看過一篇內地文章，作者是『智先生』，以香港電影舉例，他說：『香港電影有獨特魅力，很多人稱之為「港味」。甚麼是「港味」？說到底，是香港背景下的產物，那就是「快」，擁擠窄密的街道、摩肩接踵的行人、密集林立的燈箱招牌、劈哩啪啦的語速，套上中環、尖沙咀、油麻地這些著名地標，用影視片段拼湊出我們印象裏的香港模樣，快得很賽博朋克。』」你看，別人懂得欣賞我們的「港味」（Hong Kong whiff）。

Wan 補充：「也許內地市場龐大和距離近，我們才常用『內地發展』這說法，但從遠大方向來看，香港人的提升，應該是『世界市場』，思想定位於『世界觀』（international-mindedness），這樣，才不會狹隘。」

他喝了一口水：「所以 2016 年的《悟空傳》和 2018 年《哪吒之魔童降世》的配樂，我用了以香港的班底，再加上北京、英國、保加利亞、匈牙利的世界團隊。」

　　我笑：「cyber 年代的網上世界，生活似近還遠、似遠還近。在這『平行時空』，事情天天新款，如要趕上時代，切勿把精彩世界摒諸門外。內地是一條導管，海外是另一條導管，是『內循環、外循環』吧。大家談了很多『北望』，卻忽略了外望。內地這一個文化市場，顧客有需求，喜歡『港味』。外國文化評論家，指出香港文化有一種獨特的『charm』，如須臾間，我們放棄『港味』，舉手投足都跟別人無異，便失去存在價值，再沒有一個獨

特的中西兼備，或是國際底蘊的靈魂。『港味』消失後，我們的文字、音樂、電視、電影、舞台都和別人無異。大家記着：『別人要的，正是他們沒有的特味。』」

Wan 一面忙於工作，一面回頭説：「以往，香港常談『二元』，即中西，這並不足夠。要擴闊香港文化的磁力，便應該往『多元』走，香港擁有足夠的歷史和文化來吸引別人。當亞洲城市仍然停留在『單元』或『二元』的文化層次，如果『港味』將來代表『港式國際魅力』，那才是驕傲。」

Wan 聰明和健談，本來想當律師：「內地的大城市一天比一天趨向大都會，但是他們的味道和香港不同，所以我們要有信心，活出港人的風格。香港有些人常常説，你看『他們怎樣、怎樣』，香港人不要怕，要自強，做自己喜歡的音樂，發揮出來，便是『港味』，總會有一天站得住腳。我小時候至今，精於二胡這中樂，不過也學習西樂，就是這特別背景下，讓我創造了《哪吒之魔童降世》這樣不一樣的電影配樂。」

我問：「港式音樂突出嗎？」Wan 來不及呼吸：「當然突出啦，像 Cantopop，不是用廣東話唱歌那般簡單，我們的『港式曲風』，無論旋律、節奏、編曲、用詞，都和內地或外地不一樣，所以，不用為了討好而改變，要把自己的文化去蕪存菁，才是出路。我不認為 Cantopop 是八十年代的過氣名詞，香港年輕一輩的音樂人，要給予它新的生命。」

我問：「Cantopop 在死亡？」Wan 否定：「從主流音樂市場來説，它在衰退中。不過從音樂創作來説，我接觸過的香港年輕人，依然創出大量作品，而且『百花齊放』，你看今年的叱咤

頒獎禮，各有各的風騷，不再是 K 歌天下；最重要是創新，讓香港精力猶在，當然，問題是如何可以把自己的東西推廣。有些事情，目前是冷門，或許將來香港可帶領成風，不一定跟隨別人的主流。舉例『soundscape music』（常譯為『音景音樂』，簡單來說，便是從環境聽到的聲音所變化之音樂，不以旋律為主，有人認為沒有旋律的姿采，音樂就變得沉悶；另一些人卻認為沒有旋律的駕馭，才產生真正的靈魂），或可為香港的電影配樂帶來迷人的特質。」

我有感而發：「其實，內地通俗音樂同樣面對問題，也要破繭：目前，港、台流行情歌、傳統民歌及 K-pop 韓風的三股拉力在牽引內地，個性化創造發展緩慢，表演方面也多以模仿別人為主。」

Wan 從工作中靜下來：「在音樂的 sophistication，外國是領先的。以 2020 年最轟動的大片《Tenet 天能》為例，大家可能察覺不到，它的電影配樂根據故事時序，把音樂『順向』或『反向』播放，同樣配合到電影情節，真了不起，這『雙向』配樂，巧奪天工。」

我結束敘舊之前，問 Wan：「你的外破成功，會為香港年輕的配樂人帶出一條生路？」Wan 失笑：「豈敢！第一，只不過身邊有許多的年輕音樂人，想先在自己成長的地方發展，才往外闖。第二，內地電影圈的人事相對複雜，必須通過層層人事才接到工作，機會也不容易。」我開玩笑，說這些是「不可抗力」。他接着說：「所幸的是現在網絡發達，香港人身在這裏一隅，也可以接內地和全球工作，最重要是自己有賣點。處理音樂工作的時候，不必一定身處某地，我和外面的導演經常是網上溝通工作。」

愛情上，跨地域是困難的，因為身邊的人比較「就手」；不過在文化工作上，跨地域反而擦出火花，因為西諺説「熟悉會產生輕蔑」，文化人喜歡和不同背景的人合作。「港味」應猶如內袴一樣，不可隨意滑落；「港味」也應如調味的香料，最重要是讓市場的廚師，煮起菜來，想到用我們的材料，就如現在的導演，會想起朱芸編。

　　回望數十年，香港人真的自滿了、懶了、弱了。記着：花香，引蝶來，蝶播花粉。

　　滿園春。

# 黃翠珊：發燒碟

「心靜自然涼」，道家話語，指為人處世，以自然、平和的心態。這想法可用於工作？

事業上，有順境、有逆境，非戰之罪，或是環境，或是運氣。當牛奶瀉地，痛哭都沒用。平常心在這時候，叫我們不必計較，吸一口氣，在陰晦天氣中，拿着穿了洞洞的雨衣；希望，或許在轉角。

1997 年，以藝名黃浩詩與謝霆鋒同期出道的黃翠珊（Susan Wong）聳聳肩：「我喜歡唱歌，以平常心唱下去，用甚麼身份，重要嗎？有些人叫我『Hi-Fi 天后』、『試音碟女歌手』，甚至有人以為我是東南亞酒廊歌星，哈，都不介意。出道二十多年了，風高浪急，全經過，又如何？」

「試音碟」（audition disc）又叫「發燒碟」，是售賣音響器材的商店（以往，中環的太子行很多 Hi-Fi 店，後來租金飆升，逐一消失）為了測試各類產品的質效，挑選一些經過嚴格技術處理的音樂唱片；久而久之，有些歌星專門製作這類唱片，供應商店。今天，這些店多聚在深水埗的鴨寮街和旺角的西洋菜南街，是追求「原音」發燒友的聖地。

「試音歌手」，男的，我喜歡趙鵬，稱「低音炮」；女的，我喜歡 Susan Wong，從她 2002 年第一張大賣唱片《Close to You》，捧場到今天，她愛唱英文歌，聲線沉鬱動人。今年，她出

版廣東歌，編曲是大師 Chris Babida。Chris 曾經和台灣的蔡琴多次合作。蔡琴曾有試音名曲《被遺忘的時光》，是電影《無間道》的插曲，沒有聽過的人，真欠文化修養！我自己拿來試音的歌，是定居加拿大郭小霖的《從不知》；介紹給 Susan，她說：「聲音秋意，好極了。」

Susan Wong 的真正身份是會計師，還擁有事務所，slashie（斜槓族）身份包括別人的太太、孩子的媽媽。Susan 高駣、優雅，像一杯 Screaming Eagle Cabernet。和她吃西餐，頭髮跌在桌面，也聽到。

Susan 打開話匣子：「我在香港出生，5 歲學鋼琴，跟着小提琴，不過，7 歲時候，全家移民澳洲。我喜歡唱歌，偶像是陳慧嫻、關淑怡等。八、九十年代，無綫電視 TVB 在悉尼主辦了一個歌唱比賽，我得了獎，他們邀請我回香港表演，當時，有機會入行，但是考慮後，覺得讀書比較重要，便回去澳洲。」

我笑：「不可惜嗎？」Susan 張開眼睛：「人生，有很多抉擇，好的方面，會想得太好；壞的，我們也會想得太壞。我卻選擇平常心。當時還年輕，進修吧，錯過了歌星機會，又怎樣？」

我舉起拇指。Susan 繼續：「到了 1997 年，我念完大學，機會又來了，在朋友的介紹下，『嘉音唱片』（Golden Pony）找我回香港出唱片，唱廣東歌，藝名叫『黃浩詩 Janelle Wong』。當時，我是 full- time 歌手，全情投入，上電台、去商場宣傳。可惜，很快碰到『亞洲金融風暴』，香港娛樂事業不景氣，我的歌唱生涯受阻。那是一個人生低位，數年的心血，白費了。有句話叫『見一步，行一步』，今天在想，幸好那時候，完成大學，才可安安

分分當個會計師。喜歡唱歌，不一定要當歌星，只要恆心不滅，
會有一天再拿起咪高峰！」

　　我抬着頭：「沒有傷感？」Susan 想想：「可惜並不等於傷
感。我有雙重性格：一方面隨遇而安，另一方面又自信東山再起。
今天的年輕人，當『相信』的時候，該下決心做好。今天做不完，

便明天繼續；今天做得不好，明天做得更好。剛才你問我：『作為一個歌手、會計師、老闆、妻子、媽咪，如何應付？』我只可以說，不要懶惰，挑戰到來，想想辦法，如何在『不理想的狀態』下，做到『最理想』。很奇怪，人生和地球一樣是圓的，正當我躊躇如何抽出時間給家庭的時候，突然又殺出 COVID 疫情，不用飛離香港，多了時間補償不足，和太陽同步起來，煮早餐給我的小兒子吃，又可以找到空檔去跑步。做人，真的不用多計算，也不由得我們計算。對準方向，走兩步、三步？能動便動，就是了！」

我大惑不解：「既然當了會計師，為何又變身歌手？」Susan 先禮貌看我一眼，才微笑：「不強求，緣份就來。在 2002 年，我『貪玩』教鋼琴，音樂人葉建華認識我的學生，在他的引薦下，我出版了『發燒專輯』*Close to You*，當時，反應熱烈。這個『爆紅』，讓我重拾放下的音樂事業。」

我問：「你算幸運？」Susan 望望天花：「我享受唱歌，對音樂有信念，知道自己的方向。當機會不來，便做會計師的事情，但是一直留意機會，當它到來，抓緊，唱好歌曲，為下一個機會『鋪路』！娛樂圈是急流、會計行業是湖、『試音』圈是個塘。」我大笑：「哎呀，你說出了我的心聲，我一方面是律師，另一方面是文字工作者，抱着的，也是這種『欲緊還鬆』的作風。記得電影才女張艾嘉說過：『在這圈中，有兩種事業方式：「快紅快閃」或是「細水長流」；後者憑實力，穩打穩紮，靜候明天。』」

人生，只有兩個字：難料。

Susan 搞不清我是開玩笑，還是追思往昔，她說：「我算好命吧！2007 年，專門創作『Hi-Fi 音樂』的 Evolution Music

Group 找我，在美國 Nashville（又叫『美國鄉謠之都 The Capital of Country Music』，你到 Nashville，一定要去它的 Music Row，喜歡鄉謠音樂的，會發瘋，到了晚上，滿街都是音樂符號作為霓虹招牌的酒吧，酒曲醉人）錄製了一張專輯，叫 *Someone Like You*，在東南亞賣得很好。在 2010 年，我在瑞士日內瓦，錄製了另一張唱片《511》，Bossa Nova 風格，其中米高積遜的 *Billie Jean* 廣受歡迎。」

我明白了：「最初，我發現你的唱片，是在銅鑼灣『發燒碟』專賣店，近年，你愈來愈遙遠，去了網上，做國際級的歌手？」Susan 眨眨眼：「是時代巨輪帶來預期不到的機會吧！網絡發達，可以送我的歌去到全世界，例如平台 Spotify，強大得很。以前，想也未想過我可以有中東的歌迷！做人，有大方向便夠，其他的計算，是困難的。甚麼樣的潮流、形勢，都不可以預計。」

我喜歡和專業界的朋友談心，他們聰明、分析力強；而理性的專業界中，擁有感性夢想之人，更加可愛：我認識的律師，有演粵劇的、畫畫的、拉小提琴的。

忘記問 Susan 一個問題：「為何你最近又重拾歌衫，唱廣東歌？」Susan 興奮地：「那又是一個我從來沒有計算過的機會，國際唱片協會的香港分會和 Create Hong Kong（政府機構），最近合作一個計劃，叫『音樂永續』，把舊的香港流行曲，用新的手法重唱，太有意思，大家都懷念香港昔日的光輝；我和 Chris Babida 商量過，決定重唱梅艷芳的《蔓珠沙華》。」

欣賞 Susan 的直接坦白，問：「你說隨時要準備機會來臨，如何準備呢？」Susan 俏皮地：「例如，我的少女年代，壯又『多

肉』，甚至有人笑我面孔像可口的包包，但是，既然想做擁有外貌的歌手，除了注意打扮，肯定要控制體重。平時，不能貪吃，否則，晚裝怎穿得好看？身材這件事，絕對要準備，不能『臨急抱佛腳』！」

唱歌，有人為了自娛、有人為了賺錢、有人為了圓一個夢。夢，存在天際，沒有吊繩或雲梯可上，面對遙遙無期的理想，可以怎樣？黃翠珊這「見一步，行一步」的方法不錯，沒有壓力，但沒有怠惰。命運是奇妙的，以為是「陰」的盡頭，但是，又走回「陽」的起點。

想起一首 1968 年名曲 *The Windmills of Your Mind*，我的第一本小說《被告：香豌豆》，引用過的歌詞，它說：「你看見腦海中的風車，轉出一個又一個的圓，世界恍如蘋果般，安靜地在空間迴旋。」

山重水複疑無路，柳暗花明又一村。做人，何必想得太多！從生到死，非路，是迷宮。

# 趙文海：羅文頌

英國人有 Elton John；中國人有羅文，香港的光輝。

寫過去，似是故人來，常會感觸。人不在，情卻永在：長情者如容祖兒、如趙文海；讓羅文走得很安慰。

譚詠麟、張國榮，都紅在八十年代，那些年，香港富貴，「新發財」消費力強。一位朋友說：「怕出尖沙咀麻煩，每次買十多張唱片聽一個月！」

六十年代，「粵語片」在香港由盛轉衰，紅星蕭芳芳和陳寶珠退休，沒有人唱「流行曲」，如《蓬門淑女》、《蔓莉蔓莉我愛你》，留下來的「歌廳歌星」改唱「台灣時代曲」，例如《熱情的沙漠》、《路邊野花不要採》。後來，出現一首歌及兩女兩男，把本地歌壇的劣勢扭轉；歌曲是顧嘉煇的《啼笑因緣》，女歌星是徐小鳳（名曲如《風雨同路》）和甄妮（她的《明日話今天》街上天天聽到），男的是許冠傑（成名歌曲《鐵塔凌雲》）和羅文（他的《家變》不得了），這四位歌神，把樂壇起死回生。Cantopop 即香港流行曲，百花盛開，有些仍跟隨廣東小曲、另一些改編日本和歐西音樂，當然，還有本地的創作。

羅文紅的時候，我只是個初中學生。當時，有人說他唱歌「抑揚頓挫、豪壯激昂」、舞台上「能歌善舞，百變魅惑」；但不喜歡他的會說：「紅妝艷抹、唱歌咬牙切齒」、「傷風敗俗」（他是香港歷史中，第一個脫掉褲子，露出屁股拍「艷照」的紅星。

天呀，那是七十年代！）。

誰是 legend？便是能人所不能的傳奇人物。六十年代，香港風氣保守，到了七十年代，社會才漸漸開放，羅文這異士無論在思想性情、言行舉止，都改變了香港娛樂圈的精神面貌；他前衛和大膽，讓熱血的晚輩如張國榮，不再怕被罵「姣屍燉篤」。

著名音樂監製趙文海（Eddie）和我喝茶，文海對樂壇的貢獻，可以拍紀錄片。他回憶：「在行內有兩個人是我敬重：樂隊『Major and Minor』的編曲家奧金寶（Nonoy Ocampo）（六十年代來香港『落腳』，成為音樂領班），他把西洋和中國樂器合編，作品神級，例如《天龍訣》；另一位便是巨星羅文。」

我領首：「六十年代的『香港人』來自五湖四海，羅文來自內地、奧金寶來自菲律賓，個個『八仙吹喇叭』──神氣十足，貢獻香港。」

羅文（Roman Tam），本名譚百先，綽號「籮記」，1945年生於廣西富裕家庭，父母均是大學生，後來移居廣州。1962年，羅文申請來港，虎落平陽，當過裁縫、信差、雜工等工作，生活困苦，參加歌唱比賽獲獎，後在尖沙咀今天的 iSQUARE 地窖（當年是五星級的總統酒店，明星如謝賢、胡楓常來喝茶）的酒吧唱歌為生。在努力下，羅文慢慢成為紅遍香港、台灣、東南亞的頂級巨星，獎項如天上星星，是天后容祖兒的摯愛老師。2002 年因為肝癌死於香港瑪麗醫院，終年 57 歲。

「難得一身好本領，情關始終闖不過」的《小李飛刀》是他唱的。

「人生中有歡喜，難免亦常有淚」的《獅子山下》是他唱的。

　　「斜陽裏，氣魄更壯，斜陽落下，心中不必驚慌」的《前程錦繡》是他唱的。

　　「問世間，是否此山最高，或者，另有高處比天高」的《世間始終你好》是他和甄妮合唱的。

　　還有《明日天涯》、《紅棉》、《好歌獻給你》、《幾許風雨》、《激光中》、《留給這世上我最愛的人》等數百首琅琅上口的名曲。

　　我心心不忿，為何這般重要的香港巨星，網上文章不多，決意為羅文寫點東西，向他致敬，於是找了 Eddie 打探。

　　趙文海受父親薰陶，從小愛音樂，10 歲學鋼琴，14 歲轉玩電子琴。在 1980 年，其伍華小學的恩師，即填詞大師鄭國江，引薦他加入樂壇。Eddie 的才華受到賞識下，做過作曲人、編曲人、唱片監製，在「EMI」、「華星」、有線電視台擔任要職，好作品多

不勝數，包括《浪淘沙》、《中國夢》、《路直路彎》、《從未如此深愛過》等。合作過的眾多歌星包括汪明荃、葉麗儀、呂方、杜德偉等。

Eddie 嘆氣：「世人愛談『四大天王』，卻忘記了羅文這個神級先驅。他為香港歌星奠定兩個基礎：showmanship（表演者專業操守），即巨星的一舉一動，都要做到妥當，還有，是 concert standard（演唱會標準），歌星不只是上台唱歌，要把演唱會變成完美的娛樂體驗。」

他停一會：「我比羅文年紀小，而且，只是工作關係，我說的東西，也許不全面。我看過他和著名形象指導劉培基在會議嘻哈，這方面的親暱，沒有我份兒。」

Eddie 把筷子放下，追念：「我和他第一張合作的唱片，是 1981 年的《卉》，以中國花卉為名，這概念形式，當時是『破天荒』的，我為羅文寫了兩首歌，叫《含笑》和《桂花》。在 1980 年，我只是 19 歲小夥子，在又一村達之路的『百代 EMI』唱片公司，任音樂製作助理。上班時，同事突然說：『天皇巨星羅文來了！』我興奮大叫，他在助手陪同下，找老闆開會。Roman 三十來歲，個子不高，氣派來自一絲不苟的打扮：髮型、衣履、配飾，完美得像登台；還有他的標誌，即伯爵斗篷，全都精心配搭，半點不馬虎，加上步姿優雅。我的上司鍾肇峰把我介紹，羅文有禮地回應：『趙先生，你好，希望我的新唱片，有幸得到你的幫忙，可否助我寫些好歌，謝謝你！』嚇了我一跳，超級巨星這樣謙恭對待我，一生難忘；也許，這便是做人應有的態度。如果用花卉來形容，羅文是高貴萬千的牡丹。」

Eddie 頓頓:「羅文愛抽煙,但是他會用手指不經意地向下壓壓,優雅地、徐徐地把煙灰彈向煙灰盅,這姿勢好紳士。」

我繼續:「太好了,你們合作的第一張唱片是《卉》,今天用花來懷念羅文吧!羅文所代表的第二種花?」Eddie 也笑了:「是紅棉花:志大、勇敢、充滿幹勁。當時,為甚麼其他唱片沒有『羅文出品』那絕級水準?因為它們都是散件組合,沒有羅文那『我掌天下,一夫當關』的拳狠。這完美主義者,不計酬勞、不計成本、更不懼煎熬,帶領每個崗位,齊心做好一張唱片。有時候,晚上也急召我們去他在九龍城書院道的古雅房子開會,哈,那是我唯一的機會見他沒有化妝和穿穿搭搭,他很累,但仍然有條不紊,用響亮磁性的聲音,逐點把工作釐清。」

Eddie 吃得很清淡,也不多吃,他說:「1982 年,羅文吃了豹子膽,搞了大型 musical《白蛇傳》,在銅鑼灣利舞臺演出約二十一場,主角有汪明荃和米雪,鍾肇峰和我則負責音樂。看見羅文從籌備到執行,排除萬難,指揮若定,喘氣也急急掩口。他還設立舞蹈社,培育新人習舞,真不簡單。說到這裏,有兩點我想向羅文致謝:無論多困難,他從無怨言,或亂發脾氣,事事以大局為重,心平氣和對待大家。而且,整個製作昂貴,費用只由羅文一個人承擔,雖然《白蛇傳》虧蝕,他沒有叫我們減價,更不拖欠付款的支票。羅文是一位極有修養的藝術家,他的酒量厲害,一個人可以豪吞一瓶烈酒,現在回頭看來,可能他內斂,有甚麼不快,寧願向酒仙傾訴。」

Eddie 補充:「唔,羅文應該還是玫瑰。玫瑰,是最多品種的花,象徵羅文的多才多藝。很多歌星不懂樂理,羅文厲害了:

懂得看譜、熟悉中西古今音樂，你給他歌曲，他立刻指出好與壞，像音樂教授。又精於跳舞和編舞，自己懂化妝，還可指導服裝和唱片封套設計，就算唱片宣傳，也有一套計劃。有人說他的唱腔古老，這不對的，熟悉羅文歌曲的人，會留意到他的風格從戲劇化到後期的樸實，皆與時並進。你聽他九十年代 Just for You 專輯的歌唱風格，和早年的『肺霸』，相差很遠。」

我動容了：「Eddie，你忘記說羅文的私生活？」Eddie 幽默地：「他是絕密自保，如神秘的夜百合。不講別人閒話，也不評論別人；當然，也不公開自己的秘密，不澄清謠傳，個人點滴，通通欠奉。看見他，我只是想到『工作狂的完美藝術家』。」

我的好奇又發作：「海哥，你這般歌頌羅文，莫非崇拜『個人主義』？」Eddie 回禮：「非也！羅文對我們說：『凡事所以成功，都是 teamwork 合作的成果，而天皇巨星只不過代表團隊，站在台前，去接受這份榮譽。』雖然射燈打在羅文身上，但是他知道，背後的工作人員，才是電力的來源。他很愛惜上下各人，對我們非常客氣，永遠是先生前、小姐後。我們樂意一針一線，協助這天王巨星縫出百萬尺長的夢毯！」

Eddie 垂頭遠望：「往後，他住跑馬地，已患病，人也憔悴，我當然心痛。羅文相信巨星是神秘的，在身體健康時，不隨便曝光、不『行街、睇戲、食飯』，當患了病，更加『深閨』，我很難再見到他。」我頓時感觸，心坍塌了一大塊。

英國戴安娜王妃談及婚姻，說：「三個人在一起，太擠了！」這句話可以形容八十年代的香港樂壇，當譚詠麟和張國榮爆紅，已容不下「白馬王子」陳百強，更無情地把年紀漸大的羅文退下

去。在羅文事業的後段，他不斷轉換唱片公司，更去過台灣發展，努力尋求新知音。有一位歌星告訴我：「當出入機場，常有過百人圍着，突然有一天，沒有了，那種難受，如掉在地上！」

我問趙文海，在樂壇度過四十多年，下一個夢是甚麼？他説：「希望神帶引我。雖然已把數十年的 studio 關了，仍打算走新的路向，把音樂再發熱量。」

佩服海哥積極的精神，我卻漸漸走向道家的境界。在想：如果羅文沒有離開，今年七十多歲，還能狂歌和熱舞？扭腰唱《波斯貓》：「身軀嬌俏，陪伴我解我寂寥，喵喵喵⋯⋯」誰説不可以！英雄走了，留下的只有歷史，但羅文這傳奇巨星，人走了，留下的故事已超越事實，神秘化為美麗，誘魅在眾人心中，如白金瀉地。

當你見到天上星星⋯⋯想起 legend 李小龍，想起張國榮，請以後多加一位：羅文，「香港精神」的代表詞，「香港流行音樂」的第一代教父巨星；沒有他，沒有今天香港色彩繽紛的演唱會，沒有豐富的文化遺產⋯⋯

# 王俊棠：走穴星

「妹妹妳坐船頭，哥哥在岸上走，恩恩愛愛縴繩蕩悠悠……」「棠哥」在台上載歌載舞，不喜歡他的人會說「tacky」！但我會回應「每個人都有一份自己感到驕傲的職業」。

想談成功和失敗。失敗是生病，成功是健康。健康不值得鼓掌，大病以後活過來，才叫我們喝彩。成功是一雙皮鞋，失敗是鞋帶兒。沒有鞋帶，更好的皮鞋也會有脫掉的一天。

在娛樂圈，紅的叫「牡丹」，配角的叫「綠葉」，綠葉中優秀的叫「綠葉王」，現實社會也是。最奇妙的是黎耀祥，他由綠葉王升級為「紅中生」。大家常常鼓勵綠葉，說「牡丹花雖好，仍須綠葉扶持」，可是，在待遇方面，綠葉的薪水，並沒有反映這重要性。

我曾經幫忙香港演藝人協會，眾多會員，許多是老人家，生活好的，不見太多；我在想：「他們在期待甚麼？特別是曾經紅極一時，但現在年華老去的前輩。」我慶幸當年，我考進的是無綫電視台（TVB）編劇訓練班，不是藝員訓練班，否則，我今天必定是失敗的演員。成名真的要「趁早」，趁青春無敵、趁皮光肉滑，爭取享受鎂光燈的滋味；歷史上，沒有「見白頭」的英雄！

電影裏，老一輩的「反派王」買少見少：「大傻哥」成奎安走了、「大咪」何家駒走了、「吹水基」李兆基走了，「香港影圈四大惡男」只留下「大眼光」黃光亮；四大惡男以外，還有一

位在電影《監獄風雲》演超級大反派，叫「大佬 B」的吳志雄，聽說他也去了內地發展。

　　晚他們一輩，有三個「型男惡人」，上一代的惡男談不上俊朗，但接着的新一代有高度、有外形、有樣貌，在片場開完工，可以跑去「天橋」行 catwalk：他們是「浩南哥」鄭浩南、「烏鴉」張耀揚、「棠哥」王俊棠，三個人都擁有六塊腹肌。影圈藍田，可

有寶玉？聽說鄭浩南已移居海外、張耀揚搬去深圳落戶，在香港，只有棠哥留守，大家常在電視看到他的演出。

人的聚散，如香港老牌酒家醉瓊樓的興衰，總是「歷來煙雨不由人」。

眾惡男中，我和「卡拉之星」棠哥最投契，首先，年紀相若；此外，在年輕人愛「夜蒲」的八十年代，棠哥在 disco 做管理，是大家熟悉的朋友。那時候，他是高大俊男一名，身邊美女如雲，曾經非常風流，幸好修成正果，找到今天賢淑的太太。多年來，棠哥是演藝人協會的執委，樂意助人，我們喜愛的「娛樂組」組長，由他約人參加活動，會員反應熱烈；最好笑是棠哥和我是同一家健身房，經常聊天的地方，是在蒸氣房。

棠哥的孩子大了，各有各天地，而棠哥是一個天生的騎士，從小到大，對世界充滿好奇，現在，工作以外，看到他每天就是「玩玩玩」。有一天早上，他送來一則信息，說：「任它風雲變幻，我悠閒自在，人生每後悔多一秒，就被浪費多一秒。」

有人當了藝員，拒演破壞形象的角色；棠哥卻非常專業，甚麼綠葉角色：惡霸、黑社會（他卻曾經任職警察）、粗人、易服，他都肯演。不認識他的人，以為他是「混混」，在現實中，剛好相反，棠哥很健康，愛出海、釣魚、攝影、良朋相聚，義薄雲天。

香港的電視台有一個不好的潛規則，給「綠葉」藝人的工資很低，難道給他們曝光機會，已是很大的「非物質賞賜」？所以，藝人只好「搵外快」。棠哥登台，有五大技藝：演、唱、跳、搞笑、和觀眾吹牛，加上他身材高大，在台上極為「壓場」。我生來幸運，生活在藝術和娛樂兩個圈子，今天在文化中心看完交響樂，明天

去新界某某大酒樓看棠哥登台，他穿上「璀璨華艷」的歌衣，穿插各人之間，大唱《上海灘》、《愛拼才會贏》、《滄海一聲笑》。我飄浮於「雅文化」和「俗文化」之間，聯想起香港人愛喝的金銀菜湯，是「新鮮白菜煮白菜乾湯」，兩種口感，一樣美妙。

問棠哥：「不要介意，你做『通俗藝人』，走大眾路線，都差不多四十年了，有沒有心得？」棠哥龍精虎猛：「兩個秘訣：『鳥貴有翼』和『密食當三番』。」我笑：「請闡述之。」他回想：「做男主角，為了滿足觀眾的期望，如果是文藝片，則演『斯文靚仔』；是動作片呢，便扮『偶像英雄』，比較簡單。我們做綠葉的，甚麼角色都要接，假若你挑三選四，誰會找你，但是『書到用時方恨少』，不夠人生經驗的演員，如何扮百變小人物呢？『鳥貴有翼』，便是要多看世界！多領會別人的人生！自然演甚麼，似甚麼！」

我說：「你的頑皮前半生，讓我想起美國著名作家馬克吐溫（Mark Twain）的名著《湯姆歷險記》（*The Adventures of Tom Sawyer*），你活生生是那個停不了的湯姆！」棠哥害羞：「活潑好動倒是真的，從小學開始，我已經充滿表演慾。爸爸是警察，我自少在軍器廠街警察宿舍長大；念完小學，在 1971 年，因為好想放眼世界，入讀赤柱的航海學校，在 1973 年畢業後，我開始『行船』。遊過美國、歐洲、非洲，但是，在神戶工作期間摔倒斷足，只好返回香港找一份安定的工作，於是跟隨父親，當了警察，在中區警署做了兩年後，覺得太沉悶，還是喜歡多見識，決定再去『行船』，到地球各個角落，像小鳥長了翼。可惜在 1979 年，弟弟騎電單車意外離世，家裏愁雲慘霧，我鳥倦知還，回到香港，

甚麼工作都試：酒吧和 disco 管理、模特兒、運輸送貨、臨時演員。我的第一部電影在 1985 年，要多謝李修賢和王鍾，它叫《流氓公僕》。現在，除了電視和電影，我忙於在香港及外面『登台』搵銀，還開設食肆『功夫點心』。」

我回應：「棠哥，七、八十年代成長的，成就都是吃苦換來的，往後的香港人愈來愈懶。最近，我和電影圈的朋友聊天，發覺找創作人很困難，就算找到了，他們又未必成材。總括起來，他們不成器，有六個現象：第一，有些說『請給我固定月薪，否則，編劇只是我的興趣，不是我的工作』；第二，有些說『你的指示不清晰，我學不到東西，還是不幹了』；第三，有些說『找到投資者，才找我參與，否則，浪費時間』；第四，有些能力低，但是自尊心強，被批評幾句，他便會說『爸媽都未曾罵過我，我要辭職』；第五，有些會說『編劇要花的時間太多，受不了，拜拜』；第六，有些是『一鼓作氣，再而衰，三而竭』，興趣為時甚短，當 project 拖延數月，他們便走了。」棠哥聽到，笑得不能抑制。做創作和藝術的，如果沒有信念和毅力，早走早着。

追問棠哥，甚麼是：「密食當三番？」他說：「打麻將，三番是好牌，但是人生哪有機會常發橫財，故此，別人看不起的『雞糊』、『一番』，大小通通都要吃，小小水滴，會變大海汪洋。現在做二、三線藝人的，每個 TV show 只有一千至數千，卻要負擔衣食住行、化妝品、應酬費，當沒有 job，只好天天空等電話。拍廣告呢？又不是紅星，機會更少。非正派的工作，一定不要接，因為名聲被損後，永難翻生。我鼓勵晚輩學唱歌，因為香港每晚大小宴會起碼一百個，總會有人要找藝人表演，再加上商場演出、

店舖開張賀慶、去大灣區唱夜總會、酒吧、disco show、樓盤宣傳會、喜酒、壽宴、公司聯歡等，只要不是『有問題』的，當然有殺錯，無放過，『密食當三番』，才可以捱過去。大家看看羅蘭姐，六、七十年來，從沒有間斷過演藝工作，到了晚年，終於成為大家心目中的『老人家』偶像。」

我酬和：「棠哥，你唱歌好，才有這些副業，許多藝人五音不全，缺乏音樂感或怯場『發台瘟』，連吃雞糊也沒有機會。」棠哥點點頭：「那沒有辦法，副業只好做兼職健身教練、yoga 導師或售賣產品，聽説張兆輝和太太做美容品批發，創出成績。我自己曾經在謝斐道開酒廊，也因為這樣，TVB 監製鄺業生才發掘我去拍電視劇，那年剛巧是 1997，我的第一部劇是《陀槍師姐》。」我苦笑：「唉，搵食真艱難！」他嚴肅地：「香港藝人要面對現實，學習普通話，因為內地有 14 億人的市場，肯定有人要找娛樂，香港行家不能墨守成規，要往北看，那裏還有一扇窗！」我認同：「做藝人，和別人打好關係也很重要，不活動一下，別人要找配角，那會想起你？我記得在八十年代，TVB 有一個老藝人叫陳立品，『品姨』會在家弄一些辣椒油，然後跑上寫字樓，導演和監製，每人送一瓶；你看，老藝人也這般努力，如果你只懂掛在嘴邊説『不屑』，則永遠建立不了人際網絡，就算某天有『貴人』，也不會敲你的門。」

香港近二十年經濟熾熱，許多人好像不愁找工作，於是出產了大批「小公主」、「小王子」，當今經濟滑落，眾人叫苦連天，故此，聰明「棠哥」以上的看法，適用於各行各業的年輕人。

愛學習、愛拼，人生才會贏。

# 龐景峰：港男好

以前，我們叫年輕男演員為「小生」，現在，叫「小鮮肉」，最新講法，是「小刺身」，美男子生活在女性主導的社會，只會愈來愈感到血腥。

「小刺身」出道，為了讓觀眾留下印象，先要定位，不倫不類的，很難脫穎。鋪排有七種：「壞孩子」如陳冠希、「型男」如高以翔、「潮男」如麥浚龍、「Oppa」如哥哥的苗僑偉、「花美男」如張國榮、「暖男」如梁朝偉、「陽光男孩」如劉德華；但已是往事，風流總被雨打去。幸好觀眾口味還未加辣，否則，「渣男」、「毒男」、「宅男」陸續登場。

近年，無奈的現實是香港演藝圈不景氣。不管演員是甚麼類型，皆被糟蹋。「陽光男孩」的代表是龐景峰（Andrew），除了樣子好看、笑容可掬、活力澎湃、身手敏捷外，他後父是香港的望族。香港叫「價值高」的婚嫁對象為「Package」，在演藝界，「Package龐」恐怕跑不掉。

我和龐景峰是有緣的：當我擔任演藝人協會法律顧問的時候，他的叔叔錢嘉樂活躍會務，其他工作上，又認識他的兩個龐家叔叔，在藝術發展的崗位上，又和他的堂哥共事，更跟他的美女媽媽郭秀雲有數面之緣。我從來未遇過一個人，在互不相識下，竟然那般親切，deja vu！

Andrew年輕，卻經歷豐富，在香港上層社會的童男童女，這

現象非常普遍：出生於澳洲，14 歲前，在香港念國際學校，跟着去了英國劍橋寄宿學校，19 至 24 歲，進美國大學，念的是家裏期望的經濟科，但他卻醉心於副科的電影。這時候，他給韓國天團 Super Junior 的經理公司 SM 發掘了，於是在美韓之間晃來飛去，既上課，又接受訓練，2014 年，大學畢業。當龐景峰 25 歲的時候，決定回香港發展，2015 年發表了處男歌曲 *Tonight*，至今，努力不懈，等候機會。

Andrew 説：「唱歌目前可能不是我最佳的，我的天份是動作，5 歲時，便學芭蕾舞及溜冰，代表香港到過無數地方參與花式溜冰賽事；然後，又習武，武術是我的第二生命，我取得跆拳道的黑帶，還學了洪拳、蔡李佛拳、太極拳、白鶴拳。」

「我們年青一代，非常敬慕香港過去的日子，它從一個細小漁港，變成今天國際大都會，內藏多少人的汗水，真不簡單！你們年長經過的時光，我們沒有體會過，但是，從相片和電影，我們感受到香港人的驕傲和浪漫，例如從大廈外牆伸延至馬路的霓虹光管招牌、建在鬧市的啟德機場、龍蛇混雜的廟街、連日本人也要抄襲的九龍城寨、消失了的香港捕魚帆船、那些超過一千座椅的巨型戲院，還有不用替身、『真材實料』從三樓跳下來的超凡武星；但都已成過去，這正是我在英美多年，發覺外國人最珍愛的『香港風味』。可惜，香港人開始迷失，大家盲目地追求『國際化』，我們近年建設的東西，其他城市同樣擁有，而且，比我們更出色。當香港愈來愈不保存自己的特色，我們的城市只會變成 second-hand version。」

「提起武術，許多年輕人都看不起，認為『老土』，這是很錯的，香港武術除了李小龍的截拳道，還有很多寶貴的門派，這些武術糅合了文化、歷史、生活、運動、美學和舞蹈，深不可測。可是，學習的人一天比一天少，有些武術更消失了，多麼可惜。」

我問：「所以，你有的是一個『武術夢』？」Andrew 像太陽般綻笑：「希望是吧，哈哈，我嬰孩時期，已經演出『尿片』廣告，所以，我以香港演藝界為傲，曾經天真地想：如果有一天能夠學到李小龍一樣，通過我的演藝，把香港人的武術帶到外國，讓他

們對武術的『2.0』重拾興趣，那作為一個演員，真的無憾了！」

我也笑起來：「不要說你的年紀，以我的年紀，仍在做夢，所以，心境依然年青。做夢，是邁向理想的第一步！」

Andrew 接着：「同樣地，我們『港男』仍有自己的亮點，為甚麼頗多的女孩，看不起『港男』，另謀高就，想和外國人、ABC、BBC，甚至內地猛男拍拖；她們不應以偏概全，把『港男』的性價比貶低。」

我為「港女」抱不平：「請問港男的 CP 值在哪裏？」

Andrew 俏皮地眨眨眼：「『港男』第一亮點是具有國際認知和視野。從一百年前到現在，香港都是一個『開放型』的城市，中外的人都可以進入香港，這裏資訊自由、表達自由，而且香港人多懂中、英文，只要打開手機，我們立刻接觸到全世界。」

我同意：「有些地方是『閉關』心態，不在乎外面世界；個別地方則先天不足，和別的國家交往不多；有些卻非常自大，拒絕接受別人的一套。」

Andrew 說：「所以，除非是一些不問世事的宅男，否則港男非常接受全球的事物，意識形態是開放的，每天閱讀本地和國際新聞，留意歐美的潮流和趨勢，還有一群身處海外的親朋戚友經常『報料』。」

我問：「港男的第二個亮點呢？」Andrew 不假思索：「港女各自盤算，她們相處的矛盾比較多。香港是彈丸之地，港男無論上網或在街上，真是『朝見口，晚見面』地碰面，男人比較容易『老友』，常常走在一起聊天、喝酒、運動，所以，港男頗團結。我在美國生活的時候，東岸和西岸的人很少往來，生活和志趣也

不一樣，但當我回到香港，身邊的男性朋友很快混熟，不用刻意，也可以建立友誼。」

我贊同：「在外國，雖然住在同一城市，朋友走在一起吃飯並不容易，有時候，開車也要數小時；香港則像個小家庭，每個人生活在一小時圈內，在手機建立一個群組，便可以立刻交換約會日期，不出一兩星期，就能召集各路英雄大聚餐，太好了。」

Andrew 説得興起：「港男更喜歡開玩笑，抵死風趣。我們在困難時期，懂得苦中作樂，搞搞『爛 Gag』。電影中的周星馳便是我們的代表，港男的『無厘頭』文化，世界聞名，它的組成來自荒謬的反應、厚面皮的妥協、誇張的對話和毫無邏輯的動作。有一個世界著名的網路平台叫做『9GAG』，他們專提供搞笑的東西，創辦人是一群港男。」

我認同 Andrew 的看法：「除了充滿怒氣的一群，港男會在困苦中自尋其樂、逆來順受，『強顏』後果然帶來『歡笑』，這種幽默的生活方式，避免了許多家庭和工作的正面衝突。」

Andrew 道出港男的第三個亮點：感情上的承諾。他説：「在外國，『拍拖』只是一個『相對親密』的男女關係，他們渴望各有各的空間，亦有數個『拖友』往來，在互相觀察一段日子後，才挑一個『合心水』的。港男比較願意誠懇地投入一段愛情，在拍拖期間，接受『一男一女』制，用『專一』來培養感情。」

我想起另外一類關係：「在亞洲很多地方，婚姻是一種實力較量，富貴人家只互相『和親』，香港亦有這些勢利人家，但是，更多的是自由戀愛，竹門和木門，都可以成為夫妻。」

Andrew 接着：「另外，港男緊貼潮流，我們未必跟隨潮流，

但是，我們對潮流有一種探討的精神，因為我們生活在一個大都會，不能夠和時代脫節，青春短暫，我們想享有更多的體驗。故此，港男比較好奇和包容，我們走在一起，會發掘新的見聞、新的旅遊點、新的餐廳、新的店舖，但是，我們未必會亂買東西。舉一個例子，當有新款球鞋推出，我們不一定追捧，反而會談論它的特點、美感在哪裏等等；當 planking（『人肉鋪板』，即人類扮成一塊硬板，躺在不同的地點拍照）出現，我們會探討它的社會意義；parkour（『跑酷』，即在城市的不同地方奔跑、跳躍和攀爬）流行，我們會研究它的技術難度。港男不會盲從，但亦不會脫節。」

我欣賞 Andrew：「我覺得香港的年輕人除了『搵錢』以外，更懂得尋回生命的其他樂趣，『發掘無限可能的遊樂場入口』，所以，你們被稱『Y世代』，雖然很多喜歡轉工、沉迷手機、過分自我，但是，你們多看了世界、願意嘗新、見識水平高，心中的快樂不一定和金錢掛鉤，沒有父母那代的俗氣。」

龐景峰活潑、溫文，很有教養，又有自己的想法。但是，這些背景的人在娛樂圈，往往因為太有主見，會遭受排斥，老闆只想要「好使用」的帥小夥，演員不能説：「這個意念好八十年代！」所以 Andrew 不能坐着等機會，要立下目標，為自己的前途加倍努力，為他口中的優秀港男立榜爭光，成績如他的偶像李小龍曾經説過：「You just wait. I'm going to be the biggest Chinese Star in the world.」

# 陳健豪：戲人生

2007 年，鄧樹榮導演仍在香港演藝學院任教，他帶領學生演出話劇《帝女花》，男主角是陳健豪。鄧說：「Angus（陳健豪）好學、認真，將來是一個有心的演員！」自此，我認識了比歲月還青蔥的 Angus，他叫鄧樹榮做老師，也順稱我為「師父」，就這樣，做了陳健豪的「掛名師父」十多年。

2018 年，Angus 結婚了，新娘子是專業人士，我到北角喝喜酒，賓客多是話劇演員，有些是老朋友。重逢，如在夢中。

葉落，悄悄地，我們老了，歲月，給織布機的梭子編成生命。平常日子，沒有老的感覺，卻在這些喜慶場合，看到陳健豪等年輕人：念書、畢業、工作、結婚……我們打為老人家，被推隔到光陰的對岸，頓時失去信心，青苗快舉，老樹，院子寂寥。

要抗衡老，最佳方法是和年輕人談天。我和 Angus 開玩笑：「師父要約你出來，特意喝杯茶。」

中國人看不起演員。從來，說話都是難堪的。常用一句是「戲子無情」，有人說他們「真亦假時」，年輕的常被罵「未紅先驕」。我的看法是各行各業，人總會南牆碰壁，有些人於是變得正面，有些學壞。在圈中，好人也不少，如胡楓叔、丁羽叔、鄧英敏哥、石修哥，年輕的如王梓軒、陳宇琛，皆正人君子。演員的共通點，反而是沒有安全感，正如 *Footloose* 的名演員 Kevin Bacon 說：「演員最怕是等電話，等下一件工作。」我們當律師的，卻怕接電話，

怕被追問下一件工作。

陳健豪出道至今，舞台工作，一件接一件，而且為人正派，性格平和。Angus 算是香港劇壇新一輩的接班人。

Angus 説：「話劇界的收入普通，許多人和我一樣，願意演戲為生，只因為喜歡。我很幸運，小時候，喜歡唱歌和表演，爸媽收入不豐，但是對我支持，我參加過 TVB 的『新秀歌唱比賽』，進入八強。中五畢業後，不想念高中，2002 年，直接考入心儀的香港演藝學院，但是學院沒有『流行音樂』這科，於是進了表演系。五年後，取得戲劇學院學士學位，跟着開始演員生涯，到了今天，自己參與過數十個舞台劇演出。」

Angus 回想：「溫暖的家，對孩子的成長太重要。我的爸媽開明，弟弟喜歡念書，他們鼓勵他當工程師；我喜歡表演，他們便鼓勵我當演員。在演藝學院求學的時候，父母收到學費單，沒有説半句話，便把辛苦留下來的儲蓄立刻拿出來，叫我交學費，我既感激，又內疚。作為子女，報答父母的方法，便是做一個好人，工作上交出成績。」

我問 Angus：「作為話劇演員，你對香港的戲劇發展有甚麼看法？」Angus 説：「我當過小學和中學的戲劇導師，真心希望香港戲劇能夠成為教育的一個重要範疇，因為戲劇有七個作用：它是文化的教育、文學的教育、創意的教育、表達技巧的教育、道德的教育、生活的教育和群體合作的教育。這説法也許太抽象，讓我舉一個例子，學校可以讓學生演莎士比亞名劇《威尼斯商人》（*The Merchant of Venice*），故事是威尼斯人安東尼為了好友的婚事，向猶太人夏洛克借錢，並答應如不還債，夏洛克有權割取

他身上的一磅肉作為賠償，後來安東尼不還債，夏洛克告上法庭，要執行這『割肉』協議，幸好他的女朋友假扮律師，救了他一命。文化學習是教學生了解威尼斯這城市和猶太人的歷史關係；文學學習主題當然是莎士比亞這大文豪；表演的時候，老師可以要求學生用新穎的方法，演出這齣名劇，這樣便可刺激學生的創意思維；道德的討論可以是大家應否借錢，『問壞人借錢』又可否不還；生活的教育則是安東尼女友的愛情線，她為了愛，應該去到多盡；每齣話劇的演出，更可訓練學生勇於表達自己，並且學習合作，這便是表達能力和群體生活和的培訓。當然，從戲劇業界來說，小朋友喜歡戲劇，將來便是舞台的觀眾，這有助香港社會文化藝術的薰陶。」

Angus 補充：「學生們都是活潑的，我讀書的年代，學習的文章，都是『平面』的，如果通過研究劇本及演出作為語文教育，學習便立刻『立體』化，活潑好玩，事半功倍。」

我問：「你對戲劇工作者的看法呢？」Angus 認真想想：「無時無刻，我們要提醒自己，做表演藝術這一行，要避開一個可怕的字，叫做 mediocrity（平庸）。平庸是一張舒適的軟床，躺下去，便不想動，跟着失去改進的動力，演戲變成『開工』。」

我同意：「香港人日漸平庸有五個理由：有些自以為是，停留在某個階段。有些好逸惡勞，不想離開安全網。有些則給命運打殘，隨隨便便過日子。有些停止學習，於是再缺乏新意。最後，有些隨波逐流，學壞作為妥協。以文化工作者來說，我們有責任帶領群眾去進步，就算平凡的社區表演，其實也可以教育公公婆婆走前一步。我有一個設計師朋友，曾為一齣粵劇，設計了一張

很有新意的海報，誰料到主辦單位說：『觀眾要「熟口熟面」的東西，不要任何創意！』」

Angus 微笑道：「香港的戲劇發展，有一個老掉大牙的問題，便是場地不足。我們最缺乏演出場地，沒有地方，便演出不足、收入不足、留不住人才。年輕的戲劇工作者，最希望政府多建一些約三百觀眾的劇場，地方太小，我們收支未能平衡；地方太大，又沒有信心找到觀眾。」

Angus 打開了話題，見解便如泉湧：「演藝學院的教育內容，也可以加強一下，學校應該增加一些實用課程，教我們如何把藝術和市場接軌，例如『市場學』，讓我們知道如何分析市場、針對不同觀眾，以至應用營銷手段，包括海報設計。這些都是我們從演藝學院畢業後，所面對的實際問題，也往往叫我們手足無措。香港多是小劇團，演員、導演、監製常集於一身，這些學問，對我們而言，和演戲同等重要。」

在茶敘完結前，陳健豪還呼籲香港的商界支持文化藝術。他

說：「在世界其他地方，商業機構都以支持文化和藝術為榮，因為一個城市只是有財富，沒有文化和藝術，那城市只是一個『暴發戶』的荒野，絕對不可持續發展下去，當有一天香港人失去文化、失去素養，這地方還可以繼續繁榮下去嗎？商界可以獨善其身嗎？所以，如果商界願意支持表演藝術，香港人除了吃呀、玩呀、喝酒以外，養成進入劇院的習慣，我們的城市，一定會變得更美好和諧。」

甚麼是「昇華」？它是在人生的追求上，我們可以由低向高，推己及人。六、七十年代的戲劇工作者，眾多都是業餘的，他們追尋自己的興趣，有戲演便很高興。到了八十年代以後，一批又一批的專業舞台演員成長，他們努力提升表演成為藝術專業，一個別人尊敬的行頭。今天，我接觸的年輕戲劇工作者，更進一步，他們不再扭扭捏捏，避談社會和政治，他們關注身邊的事情，知道自己無論身在甚麼行業，也是香港的一分子，有責任推動社會的進步；這一種藝術工作者的「入世」態度，是世界的大趨勢。在外國，青春流行歌后 Taylor Swift 最近公開講話，說她作為一個藝人，後悔以前很少為社會發聲，以後會敢於為不平現象說話。在香港，年輕表演者如陳健豪這一輩，也隨外國趨勢，敢於發言，他們希望利用戲劇，去改善香港教育和社會的質素。當然，年輕人礙於經驗，討論未必成熟，但是，時間可以改變一切，只要香港多了關心社會的一群，懂得「物格而後知至」，然後合理和合情地找出社會問題的脈絡，香港的明天，由於有了這健康的表達態度，不用太悲觀。

# 利德裕：創思維

　　聽說在馬來西亞，因為民眾違反冠狀肺炎「居家令」，拘捕了一萬多人；在香港，警方則會即場發「罰單」（on-the-spot fines）。印度有些地方很有創意：警察把不戴口罩而「通街走」的人，捉上一部警車，而車內有一個演員扮咳得半死的病人，那些破壞法令的人嚇得膽破；當困了一會被放出警車後，他們明白不戴口罩的行為，是多麼自私及危險！

　　「創意思維」（creative thinking）並不是為了要創作藝術作品、文學等；這種思維適用於每一個人的日常生活，有人甚至說：在變幻萬千的電腦世紀，「創意思維」才是個人的最大學習，解決燙手山芋。不過，和「創意思維」對立的人叫「古老石山」，他們食古多年，變了化石，拒絕前行。

　　我嗜糖，西多士淋上朱古力漿；快樂的腦袋像飛，飛的時候，出現十萬個為甚麼：為甚麼飛機不設男士尿兜廁所，減少排隊時間？為甚麼醫院不營運一家「深夜食堂」，讓病人的傷心家屬可以找人慰藉？為甚麼多層大廈不成立鄰居互聯網，互助幫忙？

　　香港失去過往的優勢，大家茫茫然：老大牙、老腦袋，已經不能解決老問題，更遑論新的經濟和社會矛盾！世界其他先進地方，推動「創意思維」去解決人類的煩惱，這葫蘆到底賣甚麼藥？

　　我的創意界朋友，香港設計中心（Hong Kong Design Centre）行政總裁利德裕（Edmund Lee）解釋：「簡單來說，創

意思維是用新的、不一樣的、充滿想像力的方法去思考，解決人類的問題。當每次遇到問題，不要只說：『過去用這套方法，今次「照辦煮碗」就可以啦！』因為過去可行的，在瞬息萬變的今天，未必合用、未必可以做到最好，在不知不覺間，也種下其他的禍根。」

我問：「那應該怎樣辦？」Edmund 答：「共有五部曲：首先，不要假設自己是專家，就算對題目多熟，切勿『倚老賣老』，再認真學習，虛心了解問題的本質、受眾的要求、達到的目標等等。」

我笑：「太抽象了，可否說些故事？」Edmund 答：「香港建築師王建明提出一個不一樣的理念，叫『老友記‧設計師』（Can the Elderly be the Park Designer？），他認為公園是長幼共融的地方，故此，政府在建設公園之前，應先問老人家的需要。公公婆婆說：『去公園，最麻煩是沒有地方安放拐杖及雨傘，而擺在一旁，又常常忘記拿走！』最後，大家決定在桌子開了一條小『內坑』位來放雨傘，這凹位更可用來掛手袋。」我看了照片，驚讚不已，Edmund 說：「這小小設計本身沒有甚麼大不了，但是，它的創意思維，解決了老人家的苦惱。」

Edmund 接着：「創意思維的第二步，是不要『沿續舊習，敷衍交差』！撫心自問：有沒有認真找出不一樣的好方法？」我點頭：「英語常說的『think differently』，便是這個意思。」Edmund 說：「每件事情總有 360 度，不要只懂 90 度，便自以為是。」

我又來：「有沒有故事分享？」Edmund 得意：「沙田體藝中學設計了一台往前踏卻倒後行的單車，他們用這特別方法訓練

單車運動員的鬥志，因為看不到的後方，比看到的前方，更具挑戰；另一個考驗是『後慢』比『前速』更難駕馭。」我說：「在看不見的情況下，仍然可以控制一台單車向後行，這才是真正『車人合一』的訓練。」

Edmund 說：「創意思維的第三步，便是如何『由心出發』，要徹底地改變對口人物的認知及態度，從而解決問題，而不是用今天社會常用的指令，去責成他去改善；因為準則是死的，人的心才是生的，要改變一個人的行為，先要觸動他的心靈。」

我重施故技：「請用故事來解釋？」Edmund 很有耐性：「在今次肺炎疫情，各地推出大量教育廣告，不少是較 hard sell（硬銷）的，例如強調『社交不守距離』是犯法的。透過硬銷廣告為公眾提供清晰的防疫指引固然重要，但對我來說，最成功的，反而是一個 soft sell（軟銷）的廣告，它打動很多人的心靈。大概來説，它是幾個醫護工作者，在電視呼籲『我們為你在醫院守護，你們要在家為我們守護』。試問這般感人、溫馨的説話，除非是頑石，誰能不動容？誰能沒有『同理心』？創意思維不必石破天驚，那一點兒的新鮮分別，便可以影響成和敗！」我同意：「我中學年代，有一個學生偷了超市的糖果，經理要報警，校長的處理手法非一般平凡，他和經理説：『是我叫學生買糖果，但忘記給他零錢，我現在可否把錢清付？』事後，他對同學説：『如果你現在仍然不明白後果，不明白我的苦心，我會很失望！』結果，以後再沒有同學因為貪玩去偷糖果！」

　　我再問 Edmund：「創意思維的第四步？」他歇歇：「第四步是『細節』。」我不明白是甚麼意思，Edmund 笑笑：「有句説話，叫『魔鬼在細節』，同樣地，『天使在細節』，雖然想出了好的解決方案，可是有沒有大量優良細節去執行計劃？沒有細節，結果是粗枝大葉，好事也變壞事！」我尷尬：「有沒有例子？」Edmund 機靈地答：「那便是我們香港設計中心的辦公室，我們特別打造了一個開放舒適的工作空間，營造創意和合作氛圍。」我認同：「我最喜歡入門口左邊的開放式的茶水間，有地方讓同事吃東西、看書，又能隨時討論各種想法，促進團隊交流和合作。你們真有創意，竟然把『內部』的地方變成『外部』。當我踏入

大堂，第一個念頭是走去廚房拿杯水喝；但是，所有構思，需要你們縝密規劃，加上創新思維，才可以營造出來！香港不少辦公室都是沉悶和刻板，要向你們借鏡！」

我究底下來：「Edmund，創意思維的最後一步？」Edmund開顏：「最後便是『創意是眾人的事』：要上下一心，大家參與！」我猶豫：「創意是個人的本事，為何要一大群人？」Edmund說：「甚麼『破舊立新』的方法，免不了有爭議性：『老派』會反對、『懶派』會不喜歡、『新派』會另有看法；上下齊心，才容易執行！」我不客氣：「故事呢？」Edmund已備戰：「大家有沒有去過灣仔港鐵站的底層，它讓英國媒體藝術家 Jevan Chowdhury 為香港度身訂做的作品『這是灣仔』進駐通道。藝術家捕捉四十多名芭蕾舞蹈員在灣仔街頭的躍動，化成美麗的牆壁攝影，令乘客途經時，恍如置身舞台；但是，這般嶄新的『跨交通和藝術』概念，要得到港鐵公司全力推動，以及香港芭蕾舞團、地區組織、乘客的合作，才能成事呀！」

看透、跳出舊框框，都是「創意思維」的重點。在香港，當前有一件事情要急急改進的，便是我們城市的社區建設，在思維上必須與時並進。單以「實用」（functionality）為主和價錢相宜並不足夠，許多公共設施應該設計得更以人為本、美觀和具有時代感，大家看看我們的行人天橋、路邊欄杆和佈滿圍欄的公園，便明白了。可是城市建設的外貌是香港的「衣服」，怎麼可以落後於人？

Edmund總結：「過去，香港傾向尋求『執行容易』、『統一效率』、『價低者得』。若維持這『死實實』的一成不變，將

會阻礙城市的進一步發展。今時今日，香港和各大城市的政府已重視設計，我們可以一同努力，做得更多更好。希望將來大家解決任何事情，要用更創新和寬闊的思維角度、考慮周邊環境、用者感覺、文化和生活，以至美感和精神追求，各界互相交流和合作。」

Edmund 畢業於英國倫敦英皇學院，取得學士及博士學位後，在英國華威大學完成工商碩士課程，為了興趣，他修讀設計、智慧城市、科技發展等課程。在香港，他替政府許多委員會和其他機構獻策，提出他認為香港可以進步的空間。

我在香港土生土長數十年，由衷之言是香港人再不能以「事不關己，己不勞心」、「側側膊」、「老闆沒有拍板便扮無知」等等過時的處事方式，一成不變的態度和思維，既沒有理想，也缺乏正確態度。

有句話「十年人事幾番新」，有另一句話「十年如一日」，習慣吃老本的香港人，投鞭斷流的你們，想未來日子生活在哪個空間呢？

# 袁卓華：談藝技

不想變，怕適應。「变」，內藏一個「又」字，六親不認地又變。

手機為例：八十年代的手機，像一條長鐵，可以防狼，嘴巴要對準它的「上五寸、下五寸」說話。九十年代的手機，叫「天地線」，手機只可打出，故要攜帶一部「BB 傳呼機」，接收信息。二千年代，手機叫「小龜」，細得像耳朵，手指不停「篤」着按鈕，像非禮。現在，smartphone 年代，人人似「戀物癖」，摸着手機的「皮膚」，自言自語。

香港法庭已採用「VR」技術，法官和陪審團戴上特效眼鏡，便可身處案發現場。天呀，身為律師的我，不懂得拍 VR，如何活下去？但如我懂得製作，早拍了「紅孩兒大戰 Spider-Man」！

香港特首在 2020 年施政報告宣佈「正在興建的東九龍文化中心（牛頭角淘大花園對面），將採用最新的技術和設備，為舞台製作提供全方位的電腦裝置，配合『延展實境』技術和『沉浸式』視聽系統，把中心發展成為先進的藝術文化場地」。特首早於 2019 年曾說過：「創新科技的文化中心，會進一步提升香港在國際藝壇的地位。」

此外，團體「團結香港基金」亦指出，「藝術與科技（Art and Tech）的結合，已成為世界改變大勢」。

藝術家甲和乙在爭論：

甲：Technology（科技）只是一種技術，舞台上的傳統「台、

燈、聲」，只是添加了科技點綴，不應「妹仔大過主人婆」，讓科技牽着創作人的鼻子走。有些新派表演，完全沒有演員，只是科技影像在表演，接受不了！

乙：在清代，賣唱的用「真聲」表演；後來發明了「咪高峰」，聲音失真了。再後來，聲音轉載去膠碟，變成一張唱片。到了今天，聲音加上混音，而「歌聲」，只是科技下的頻率，沒有「原音」這回事。科技帶來不斷的新景象，以煙霧效果為例，最初是燒香，往後用乾冰，現在使用煙霧機。

我找專家袁卓華（我叫他「Wa Yuen」）查問真相，他是香港演藝學院「舞台及製作藝術學院」的副院長。小生年代，浪漫瀟灑，是樂隊成員。

容許我「廖化作先鋒」，解釋一下：舞台技術分開三大部份，第一、舞台上的傳統裝置，如佈景，其實先進技術已入侵，LED Wall（熒幕牆）和投影很普遍。第二、是燈光，以往的燈光要人手操控，今天，電腦指揮。第三、是聲效，看過外國的音樂劇，預先錄好的音樂，和現場大樂隊互動，五人樂隊變成大樂團。

東九龍文化中心，將會使用大量的藝術科技，藝術的科技名詞日新月異，不同的名詞有不同理解，簡單來說，便是令觀眾享受到嶄新的感官效果，「身同感受」。當中的體驗，包含所謂 Immersive Technology「沉浸式技術」，是讓觀眾感受到「真實」，我去過澳門的 MGM 劇院，上、下、左、右、前、後六方都產生特效，包括香氣、蒸氣及煙霧。所謂 AR（Augmented Reality 擴增實境），便是補充現實的意思，例如你戴上眼鏡，當歌手在唱歌的時候，可看到中、英文歌詞。VR（Virtual Reality 虛

擬實境），例如你戴上眼鏡，發覺自己在天空飛。CR（Cinematic Reality 電影實境），便是例如電影中的人物，可以從銀幕跑出來。Extended Reality「延展實境」，則是演員加上特技，真和假的互動。至於 Mixed Reality「混合實境」，則是把上述科技混合應用。

Wa Yuen 是我不會拘泥的朋友，他直接解答大家對 Art & Tech（AT，藝術和科技）的疑問：

我：AT 只是舞台技術人員想「升呢」，把技術人員的位置，高蓋於藝術家？

W（搖頭）：台前幕後的二分，概念上容易將之劃分為藝術

與技術。Art 代表創意，Tech 代表技術，它們的合體互動，才是真正藝術，實無分彼此。

我：有些人覺得 AT，只是後台的噱頭，會破壞劇場的本質？

W（喝一口水）：「劇場」隨着時代進步，前台和後台會一起改良。每個年代，都有新的技術、新的表演藝術方法，戲劇和技術，相互影響，藝術與科技是不可分割，台前和幕後，皆平等的 stakeholders（持份者）。

我：有些前輩說：藝術有所謂「正宗」，搞科技創作，會破壞正宗？

Wa（沉思）：我多年觀察藝術的改變，有兩個體驗：「變幻原是永恆」，除非你的觀眾群是膠柱調瑟，否則，年輕的觀眾，會有新的期望；創作本身就是破格，所謂藝術「正宗」是一個偽命題。藝術加上科技，不一定代表好作品，但是，如果有些想法，要有科技配合，才做到出來，成為好作品。Why not？

我：香港市場小，人口少；故人才也少；花錢搞這些「另類」發展，值得嗎？

Wa（望着手掌）：首先，「市場」不是以眼前的面積有多大，人口有多少作為標準？舉例，倫敦的劇院區 West End 面積很大嗎？可是，它影響全球的藝術市場。如我們有科技劇院，產生了優秀的「科技」節目，除了吸引外面的遊客來看，還可以輸出香港以外，所以要看得更遠。現在多挖一個井，將來便有水喝！

我：同意。香港在七十年代出了一個李小龍，威震全球至今，「水不在深，有龍則靈」。

我：有些人質疑，應專心優化香港現有的表演形式，何必引

入昂貴的新科技？

Wa：當然，新科技設備是昂貴的，但不是「為買而買」，如大家發覺劇場的落後設備妨礙了進步，便有責任更新。先進劇院猶如一個優質廚房，加添數十把刀後，可滿足廚師新的需要。科技設備不是劇場的「添加」（additive），科技其實是劇場創作「身體」的一部份，也是劇場創作的介質（medium）。

我：想像一下，當演出《帝女花》的〈庵遇〉一場，大雪可以飄到觀眾的座位，那是多麼美妙。

Wa（舉手）：還有兩點：藝術要 responsive to the society，即向社會交代，獲得人們的共鳴。年青的觀眾，會期望藝術作品，隨着世界改變，發展出新枝葉。科技元素，是廿一世紀的必然方向，如果香港欠奉，就會落後；因此，劇場引入新科技，除了是「基建」的改善，更鼓勵新的 mindset（創作思維），戲劇再不是演員之間的對手戲，它未來可能是演員和 hologram（投射人）的互動。

我：最近，看了一個創作，燈效、電影、演員三者簡單互動，非常好看。

Wa（點頭）：科技帶來的，不一定是 fancy（花巧）設計，而是更多元化的創作自由；要接受新科技的，不單是後台的技術人員，每一個導演、演員或編劇等，都要擁抱這大時代！「科技」和「傳統」不應視為 either... or...（非一則二），而是一加一等於三。

我：不過，除了「硬體」，「軟件」也很重要。有三方面考慮：現在的技術人才，可有足夠的應用培訓？藝術的創作人員，如導演，懂得使用新科技嗎？還有，政府會投放資源，鼓勵他們使用

科技嗎？馬來西亞在數年前，建造了一個科技劇院，但在缺乏「軟件」配合的情況下，硬體最終失敗。

Wa（掩臉）：我也在思考自己的定位。香港目前需要我這事業階段之人，站出來「承先啟後」，建立 Art 及 Tech 的合作平台，推動教育，協助業界。

袁卓華學問好、友善。Wa Yuen 為了理想，「打不死」；念中學時，他喜歡 Beyond 樂隊，於是，組了 band，還對 sound design（音響設計）及 music recording（音樂錄像）產生熱愛；原本，可以考進一般大學，但是 Wa Yuen 為了理想，投身香港演藝學院（APA），前後花了六年時間，進修上述科目；當同學已畢業賺錢，他仍在讀書；在 2001 年以一級榮譽畢業。在 1999 年，他請假，享受了人生的 gap year：他和「band 友」（叫「Primary Shapes」）花光了整副身家，錄了一張 EP 唱片；當年出唱片，比今日艱難。他們三人飛去英國，推銷自己。Wa Yuen 開玩笑：「如果當年在英國得到機會，今天我會站在歌台。」

Wa Yuen 說：「畢業後，為了生活，當了音樂工程師，但是，夢想還是研究『acoustics』（聲效學）：在劇場，大家只懂用聲效去製作『內容』，如音樂作品，但是到底 sound（聲音）與 space（空間）是如何互動呢？我於是收拾包袱，拿了獎學金，難為情地問家裏借了一點錢，孤身飛去美國進修，入了 California Institute of the Arts，修讀三年的「音響設計」碩士。中間的一年，我申請去了著名的 RPI（Rensselaer Polytechnic Institute）念了一年的 architectural acoustics（建築聲學）；這學科需要理科的底子，我這藝術人，要強修物理、微積分等，還學做 MATLAB coding，真慘！不過終於克服了。」

　　我好奇：「你從美國回來，便教學？」Wa Yuen 看着在疫情下空蕩的餐廳，說：「2007 年，我回到 APA 任教了，繼續玩音樂；2009 年，『藝術節』更邀請我創作跨媒體演出。2015 年到 2017 年間，我離開 APA，去了西九文化區，負責 technical development（技術發展），協助文化區策略、計劃及工程，眼光再闊了。在 2018 年，我回來 APA，擔任『科藝製作』的系主任，想透過另一角色去改變業界，香港人強於 conform（遵從），而不是創新。現在，教學又變回我的人生！」

　　Wa Yuen 仍年輕，這樣的優才，對香港舞台的科技發展，將貢獻良多。他是好奇的白馬，往一個又一個山坡奔跑。他說：「我說了很多理論，但常思考：自己如何把『技術學說』和『藝術內容』交融，創作出優美的示範。」

　　夢，帶領人生，勇往和挫敗，皆永記取。但是，有些人只怕失去今天的種子，卻忘記來年的大豐收。

# 黑國強：賺古董

「侘寂」，又叫 Wabi-sabi，是一種日式美學理論，「不完美、無常、不完整的」便是「侘寂」式美麗，我訪問了眾多高人，深深體會生命的最高境界，便是「侘寂」。

姓「白」的人不少，但是姓「黑」的，我第一次認識，他是兩代都經營古董的黑國強（Andy）。Andy 叫人難忘的，是他兩條像日本卡通人物的濃眉；而他最聞名的，是主辦了亞洲藝術展覽「典亞藝博」（Fine Art Asia）；當然最特別的，因他不是漢族人，祖先是回民，中國的少數民族。

黑國強的父親八十多歲了，他叫黑洪祿，古董業的老行尊，神清目爽，一個了不起的人物：1945 年，第二次世界大戰結束，中國接着內戰，1949 年新中國建立，不過北京生活仍然艱苦，當時有親戚在香港經營「工藝店」（那時不叫古玩店，更沒有甚麼古董專家，大家都謙稱「交易商」），只有 16 歲的黑洪祿和哥哥決定涉盡千山萬水，來到香港，當店裏的工藝學徒，求的只是一碗飯。

1963 年，香港面對百年一遇的大旱，四天才供水一次，每次四小時，有人呼籲男生剃光頭、女生剪短髮以減少用水，人們生活困苦，黑洪祿的老闆也意盡闌珊，派黑洪祿替他去海外「跑單幫」。那個年代，古董生意不像今天的商業化，當時行家之間「以物易物」（即 barter trade），例如我是買賣銅器的，但是客人想

買瓷器，於是拿銅器交換你的瓷器，然後把瓷器賣給客人圖利，這樣，便不用現金流，也不怕別人把自己的客戶搶走。黑洪祿帶點東西，飛去芝加哥的世博，買賣後，賺了美金 1,000 元，他存着這筆錢。到了 1969 年，老闆移民，工藝店正式結業，黑洪祿只好在尖沙咀厚福街的住宅，創立了「山寨式」的古董業務。

　　1967，即 Andy 出生那年，香港面對政治及社會矛盾所引起的動盪。五十年代，香港早飽受韓國內戰的影響，誰料到今次打擊更嚴重，但是黑洪祿咬緊牙關，肩負太太和三個孩子的生活，可惜香港不景氣，市場萎縮，他只好「走埠」，每次離家一個月，印尼、新加坡、印度等地，只要有「工藝品」交易的地方，他都去；

後來，遠至美國檀香山、舊金山、羅省，都得飛去討活。雨後總有陽光，靠着古董生意，「老黑」養活了一家人。我問 Andy：「你父親怎樣回望古董界的過去？」他說：「老人家見慣風浪，他認為時代的風浪是不絕的，只要打不死，窮則變，變則通，雨後會有陽光。香港的歷史，一直遭受大時代的衝擊：四十年代內地動盪、五十年代韓戰、六十年代暴動、七十年代石油危機（香港晚上要實施『關燈』措施）、八十年港幣大跌市（大家去超市搶米）、九十年代的亞洲金融風暴（房價跌到只有三分一）、二千年有『沙士爆發』（香港死掉 299 人）。父親說：『回頭看，反正都會過去！』」

我再問：「你如何承繼父業？」他說：「我是 1987 年入行，當時喜歡玩，不想跟哥哥、姐姐去外國升學，於是隨父親學做生意。當年，華爾街引發全球股災，香港聯交所史無前例停市四天，股民屍橫遍野，我嚇了一跳，原來幸福不是必然，香港人要努力，才可戰勝命運。」

我笑：「命運是很好玩的東西，發生的事情，多少是自作？多少是天意？你有沒有打算培養兒子接手家族生意，成為他的命運？」Andy 答：「不會刻意，在共通和分歧當中，自有安排。我們三代的共通點是固執和喜愛藝術，但是，父親認為成功之道在於節儉，我覺得錢是不能不花。如果不做古董商，我想做飛機工程師，但是現實中，多數會做公務員，誰料到還是走回父親的路。古董行業，給了我好玩的一生，絕無後悔，不過，凡事『十年河東，十年河西』，香港的盛衰興替，我們要接受。」

我說：「Andy，許多人覺得古董文物，只是有錢人的玩意，

你同意嗎？」他說：「普通人絕對不應把古董看成一門『錢搵錢』的生意，那是錯的，有人叫我們做『古玩』生意，那便對了，它是一種嗜好和興趣。玩古物，有兩大優點，我們學習到歷史的樂趣，例如明代傢具和清朝的硬木有甚麼分別？為甚麼康熙、雍正、乾隆三代，中國瓷器的成就最為卓越？當你研究下去，古董產生的故事、主人的故事、社會背景的故事……那份快樂，就算你沒有花錢買東西，也是無窮的。第二，便是藝術所帶來的樂趣，那古董美麗的概念、工藝、創意……人的修養也會提高。古玩分門別類，有陶瓷、家具、銀銅、琉璃、玉石……真的無盡，人走了，留下了有價值的東西，便成為古董，看着一件東西，未必知道那年那天發生了甚麼事，但是一定有千百的故事藏於這件碩果，其實，今天我們使用的東西，後人亦用相同的心情來感受，睹物思人。」

再向 Andy 了解：「文化、古董和收藏，三個名稱有何分別？」Andy 答道：「粗略來說，『文物』定義是很闊的：在過去的歷史，遺留下來與人類活動有關的物資便是文物，舉例來說，古墓或一台紡織機都是文物。清朝以前，人們把『古董』稱為『骨董』，意思是『取肉腐而骨存』，骨代表精髓所在，由於古董有藝術鑑賞價值，引起人們收藏的興趣，所以又稱『古玩』。最後便是『收藏』這詞，收藏是對於任何物品搜集和儲存的喜好，可以是有價值的古董，但也可能只是火柴盒、明信片和調酒棒等小玩意。」

我問：「那麼，香港的古董貿易歷史是怎樣的？」Andy 說：「在 1949 年，中國解放之前，香港已有古董買賣的活動，解放後，國家由於客觀現實，只能保護『國寶級的文物』，非國寶級的，

為了保存它們，於是鼓勵『藏寶於民』，允許民間依法買賣古董，當時最活躍的，當然是北京、上海、天津、廣州等大城市，而古董買賣有兩大渠道：通過政府主辦的『商品交易會』，或通過零售如『文物店』、『友誼商店』。但是，外國人進出中國都不容易，買賣更加受到外匯管制，要用指定的叫『外匯券』才可付款。香港那年頭是中國的對外窗口，故此，外國人的中國古董交易，主要在香港進行，但是有些香港的古董商，直接把東西拿到外國的交易會進行買賣。」

從老百姓的角度來想，我們有資格「玩」古董嗎？Andy 笑：「嗜好和興趣，是每個人的權利，當然可以，小至數千一萬元，也可以玩古董。讓我講解九大方法：第一，要對歷史和藝術有興趣，才好收藏古董，那管最初只是買一件小古物，因為要發展這門興趣，必須做研究，如沒有興趣，怎會花時間研究呢？單是聽聽別人說賺錢便亂買，很容易受騙。」

「第二，要認定一個導師。古董是專門學問，不是『男歡女愛，即慶熱鬧』，它是細水長流的研究，『導師』可以是古董店、學者、朋友或同道人，但是必須先了解對方的背景、實力、專長和人格，認定後，先拜『師』學藝，花十年、二十年去浸淫。以香港古玩集散地荷李活道來說，高人眾多，有不同的範疇、手法和小圈子，記得循序學習，切勿胡亂相信網上的胡扯。」

「第三，保守地『貴精不貴多』。保守有雙重意義，第一，不要為了想發財，借錢去買古董，第二，手上有 100 塊，也只應花 50 塊來買，因為判斷錯誤，是很常見的。『貴精不貴多』的意思是如果你花 50 塊，便買一兩件最好的，不要買十件普通貨色，

因為古董收藏家，都是追求『精』品的，如果『漁翁撒網式』的亂買，將來滿手『大路貨』，誰來接棒？」

「第四，當機立斷。當你到拍賣會、古玩店那裏買東西，『寶物』放在你面前，就在一刹那，你要決定買或不買，這是不容易的，因此，假若你只是花掉預算的一半，就算買錯了，也可以再來過，自然有膽量『去馬』，否則，永遠做不成買賣；在日常生活中，買樓投資，也要有這份勇氣。」

「第五，普通收藏家，不能太多『瓣數』，要挑選自己喜歡的一或兩項範圍，專注投入，因為人的精力有限，不要分散注意力，否則到頭來，『周身刀，無張利』。」

「第六，便是定下利潤目標。古董買賣有兩大市場，一個是商店、一個是公開拍賣。通過古玩店買入的好處，是議價的空間較大，只要賣家願意，隨時獲得便宜價錢；反過來說，如果通過公開拍賣，只要拍賣沒有『造市』成份，那買入的價錢得到一個公開可靠的市場『認證』，但是，較容易買入貴貨。」

「第七，為你購入的東西，進行『增值』行動，不能懶惰。『人怕出名』，但是『豬不能怕肥』，你要為購入的古董推廣宣傳，讓更多人認同你的選擇和品味，這樣，修道者眾，將來把古董賣出去，才有同道者願意接貨。所以，收藏家為藏品出版研究書籍、主辦講座、搞展覽，是很常見的，不過，把藏品拿出來，便要接受大家的批評，就算買了一些『行貨』甚至『假貨』，也得虛心接受，從錯誤中學習。有人突然從家裏拿出一件明太祖的尿壺，大家都不認識，誰會接受它的價值呢？」

「第八，『賣仔別摸頭』，買錯的東西，固然要賣走，買對

的東西，也要學習賣掉，因為我們都不是億萬富豪，當我們看到『精益求精』的東西，一定要把手頭上的一些古董賣掉，以便買入更精彩的上品。另外一個原因，是收藏家都喜歡建立一個系列，例如一個白玉兵器系統，共有五件的，你擁有三件，當然想有一筆錢把餘下兩件都買回來，那只好把別的古董賣掉，套現買入新貨。如果永遠對着自己的藏品依依不捨，你絕對摸不着投資古董的無盡樂趣。」

「第九，想想你的『終生大計』：古董投資的真正價值，在於過程的樂趣，在於為人類保存文物的貢獻，有一天你離開世上，家人卻不懂得欣賞，把你的古董胡亂處理，天上的你必然心痛，所以，如果子女都不愁生活，何不端心正念，把藏品捐給博物館，讓一些『非國寶級』的文物，也可以歸還國家和民族。這樣做，『古玩』的意義變成回贈人類，文物才重拾它的永恆生命！」

黑國強和我以上的一番話，都是在冠狀病毒肺炎疫情下，大家在太古城的一家餐廳內戴着口罩進行的，但是 Andy 的精闢見解，讓我拍案讚賞，於是我除下口罩，使他看到我感動加上感激的表情，來結束這三個小時的古董授課。

# 李夢：藝旅遊

藝術旅行是靈魂登上三寶殿。

李夢在我眼中永遠是個小女孩，甜美爽朗，她是我的前編輯，本身亦是藝評人，對古典音樂的研究，挺「超班」的。她的文章，遠至北京和多倫多。李夢是雙子座，可愛的神經大條。

最近，李夢告訴我，和浸會大學任教的老友米哈（Louis Ho）組織海外 Art Travel，「藝術旅行」首站去意大利。我瞳孔放大：「搞乜鬼？」李夢（Daisy）笑得嘴角上移：「這些年，本地視覺藝術的蓬勃，令到業內如畫廊、展銷會、藝術家嗅到欣喜，但是對於許多對藝術不太了解的香港人來說，還是『我識條鐵咩？』，好像是在平行時空中，那邊廂熱鬧，這邊廂藝術卻與己無關。有些人偶爾去畫展，在作品前拍照打卡，上傳 Facebook 和 Instagram，算孔雀開屏一番。」

Daisy 接着：「2018 年，我參與一個把藝術普及的平台叫『藝術解毒』，通過互聯網，分享本地的藝文信息等，它擁有超過八千位粉絲，良好反應足夠我買雪糕慶祝。我想既然已有線上（online）朋友，何不把這批朋友帶到線下（offline），為他們安排一些本地藝術導賞活動，例如看看博物館，誰料到報名踴躍，大家深藏的藝術筋骨得以快樂舒展。我跟着又想：不如放膽一點，來個外地藝術旅行？意大利是『文藝復興』（The Renaissance：十五世紀以前，文化在歐洲深受羅馬教廷的支配，藝術思維非常

保守，於是，一群大師，以佛羅倫斯為始點，發動一場以『人』為本的思潮革命〔humanism〕，探索宗教以外的真理）的發源地，不如找些志同道合的網友，利用暑假，去意大利『享受』藝術。在 2019 年的 8 月，我和團友在歐洲，度過畢生難忘的夏天。」

我納悶不解：「誰人喜歡藝術專題的旅行？」Daisy 搜索回憶：「我們 3 月開放報名，兩個多星期已成團。這裏，有四點可以分享給年輕人：一是做任何事情，先要在網上建立基礎。我們的『藝術解毒』平台在過去的一段日子，已在網上運作，吸引了一班熱心支持者；二是宣傳目標精準，不要海量投放廣告，消耗宣傳費，『小刀割小樹』，是小生意的訣竅；三是團費定價合理，學做生意，累積經驗比眼前的利潤來得重要；第四個原因，哈哈，找對了人吧，米哈老師有才華、又高顏值，自然吸納信眾。」

Daisy 滿意地：「此次藝術旅行，約二十位團友，以年輕白領居多，也有自由職業者和大專學生，超過七成先前參加過『藝術解毒』的本地活動。人家對你的品牌和服務先有認知，接觸後，從而有信心，最終才會花費。這經營的四部曲，跑不掉的。」

我聽得心癢癢：「行程好玩嗎？」Daisy 點頭：「當然好啦。做好一件事情，要『心思』加上『縝密』，服務愈細緻愈好，但又不能出錯。我們去了羅馬、威尼斯和佛羅倫斯，活動包括參觀博物館、畫廊、藝術空間等。」

Daisy 解釋：「我們的工作分三部份：酒店和交通，由專業行政人士負責；米哈負責藝術導賞；我則負責三頭六臂的統籌。」

我問：「安排『藝術旅行』，困難嗎？」Daisy 思索一下：「大的困難沒有，因為米哈的藝術功底深厚，事前又做足準備，所以

他的導賞，團友一致好評。突發情況一定會有，例如錯過船期、
兜兜轉轉才找到餐廳的位置等，不過，團友把我看作朋友，無怨
無尤。但是以下的事情要留意，在歐洲，二十人以上的團體去餐
廳用餐，一定要預定。博物館的開放日期和時間亦各有不同，需
預早計劃。知名博物館如梵蒂岡博物館，如果去到才購票，要排
隊數小時，故此，謹記在數週前在網站買票。」

我莞爾：「此行有沒有故事？」Daisy 想想：「大家去意大利一般會擔心治安不好，所以，團友們彼此照應，全程沒有被壞人『關照』，如途中發生意外，團友的心情必跌到谷底。我常常提醒團友：不要在胸前掛上貴價相機、不要露出包包的名牌 logo、不要做一個『像遊客』的遊客，例如拿着地圖一臉茫然。哈哈，有一件溫馨的故事，我要告訴你，在威尼斯的水邊，當參觀完古根漢美術館後，沿河走回酒店，同行有一個 10 歲的男孩 Robin，我們經過一間古舊文具店，它專售賣典雅的信紙、書籤和筆記本，本來 Robin 很累，一直嚷着回酒店睡覺，但是當大家走進店後，他突然安靜下來，左看右看，選了一個筆記本。店主是八十多歲爺爺，在威尼斯造紙六十多年，他見到這個亞洲小男孩自己掏錢買東西，好奇問他，Robin 答：『我買給爸爸！』店主非常感動，馬上從貨架取下一件精美的手作書籤，燙上金色字樣『R』，慈祥地微笑：『小孩子，這個送給你，R 的意思不只是 Robin，也是「remember」，歡迎你來到威尼斯。』老人家一邊遞上書籤，一邊將 Robin 的五歐羅退還給他。果是人間有情，今次在河邊小店，遇見如此溫柔的情。我在想，藝術旅行的意義在哪裏？大家千里迢迢來到意大利，不僅為了欣賞人類的藝術名作，也應該感受人類不變的情義。你和我之間在旅途上的親暱互暖，也許只是當天尋常，但是當回想起來，一句話、一個動作，溫馨綿長，終身感動。」

我想盤查下去：「Art Travel 具有甚麼意義？」Daisy 有備而來：「四個字，『靈魂同行』。一般旅行，當然是吃喝玩樂，這些基本要求，我們是要滿足團友的，例如美食便是重要的一環，

但是熱鬧之餘，當和一眾愛好者欣賞藝術作品、思想討論、心靈交流的時候，我發覺大家的思維其實昇華進步了；在整個旅程中，我們既『共享』物質的生活，但是靈魂亦同行，和精神層面的生活拉近了。藝術旅行不單讓人們可以尋新鮮，更把旅行從玩樂的目的，推高到『見聞』、『見學』和『見解』的水平，讓更多人懂得用靈性代替物質去找到喜悅，人生變得更美麗。」

我想：愉快的旅行團，像太陽花，去到每一處地方，一朵朵美麗的花朵綻放，當然，最傷感之處是旅終人散，花兒凋落。望着樂觀的李夢：「未來的『藝術旅行』大計，你有啥子打算？」她堅定地說：「不會放棄，我會在香港推動更多 Art Travel，希望短程去亞洲地方，長程再去歐洲，例如巴黎或阿姆斯特丹；更想加進一些『互動』元素，邀請當地藝術家與團友面對面交流，或參與當地的藝術工作坊。過去數年，藝術旅行在中國內地城市發展迅速，面向不同群體（如退休人士、學生、親子等）策劃不同旅行方案。相比內地，香港起步較晚，仍有市場潛力等待開掘。當愈多香港人通過旅行認識藝術，我深信會帶來不一樣的香港精神面貌。」

想起一句別人的話：「People don't take trips—trips take people」，這「玩」英文之句，很難翻譯，但是你一定體會個中玄妙！

# 周俊宇：畫療師

　　誰是唐滌生？如你張口結舌，請快吃「文化修養維他命」。

　　香港曾出現兩個國家級的文豪：一個是金庸，一個是唐滌生。金在 2018 年逝世，唐早於 1959 年走了，一文一武，金庸善寫武俠小說，如《射鵰英雄傳》；唐滌生精於典雅粵劇，如《帝女花》，他們的作品，為香港最寶貴的非物質文化遺產。

　　我是唐滌生的「超粉」。唐滌生不慕權貴，樂於扶掖後進，也許他時雨化之：在典禮場合，我怕坐第一排，獨享受躲在後面，和無名朋友聊天，發掘他們的故事。我喜歡的文化人，不用有名，有見地便行。香港的讀者，愈來愈多在乎文章的思想價值。

　　今次，又找對了一個年輕、有意思的香港授畫老師：周俊宇。

　　內地來香港移居的「北方」年輕人，經歷數代的「轉型」：我的小時候，他們多來自江蘇、浙江省（當時我們把廣東省以外，都視為「北方」），凡不懂粵語的，叫「撈鬆」，不看作自己人。在「次歧視文化」下，他們聚居尖沙咀和北角，有些去了「左派」（即今天的「中資」）機構如中國銀行、華豐國貨公司工作，那裏接受內地學歷或不靈光的廣東話，員工可「同聲同氣」，當時的浙江興業銀行，便是個好例子。

　　今天的「北方」年輕移民有新四類，各有千秋：有些是「海歸派」，他們海外留學後，不回內地，來到香港，金融業很多這些青年。第二類被叫「港漂」，這名詞不恰當，他們在香港的

大學畢業後，留港發展，立根本地，在文化業，有很多這些人才。另外一類的父母是內地生意人，安排子女移民香港，在中環 Landmark，看到這些不愁生活的年輕人在買奢侈品。最後一類在數歲或十多歲的時候，家裏申請移居香港，他們只是一般的老百姓，來了香港，「由零開始」，透透徹徹地融入本地生活。周俊宇（Ray）屬最後一類。

Ray 說：「三歲時，家裏從浙江的海寧（金庸的家鄉）來香港定居，爸媽的收入不豐，我想要的玩具，他們沒有錢買給我，我只好拿起顏色蠟筆，畫出我心愛的玩具，像『畫餅充飢』。就算上課堂，我也在畫玩具，老師見我安靜，也『隻眼開，隻眼閉』，從此，興趣啟發我的天份。會考的時候，其他科目成績不好，只有美術拿五分的 A，媽媽是開通的好母親，她說：『那就去上海念美術吧！』她帶我去上海重新適應，我終於考上心儀的上海大學美術學院。內地的美術教育，非常注重一個藝術家的基本功，寫實素描要求十分嚴格，有別於香港的『通教』。畢業後，掛念香港，渴望回來見爸媽，而且在香港，畫人和物『像真度』極高的年輕畫家不多，自己可能有市場。於是，拾起背囊，和中國『紐約市』說聲 goodbye，又踏足香港『家鄉』，吃心愛的餐蛋公仔麵！」

我關心：「你找了甚麼工作？」Ray 說：「年輕人大學畢業，找到一份穩定工作，便愛花費，很容易有物質慾，我提議年輕人離開學校後，如果不是生活逼人，先『不務正業』，以闖蕩來吃苦，找不同的散工，多看不同的圈子，接觸不同的人。在 2013 年回到香港，我做過設計、裝置、油壁畫等散工。最後，在現實和理想的雙重考慮下，決定投身教育。」

畫是靜態的藝術，卻反映動態萬物的美，平面的畫，看似平凡，其實發出不平凡的電波，碰觸心靈。

　　我單刀直入：「很多年輕人質疑：學畫畫有啥用？畫，可以吃嗎？」Ray 狂笑：「嘴巴當然吞不下去，用腦袋和心靈就可以。在腦袋方面，繪畫訓練我們觀察和思考。舉例，畫一個蘋果，先要觀察，這蘋果真的是紅色嗎？形狀真的是橢圓形？思考上，要考慮哪個角度和比例去繪畫一個蘋果？光線方面呢？甚麼媒體最好：水彩？粉筆？炭筆？油彩？更複雜的：例如你想用蘋果宣洩失戀的心情，又如何表達呢？所以，美術不是悅目這般簡單，它是『慢想』的訓練。此外，繪畫也是一種紀律的培養，對小孩子尤為有用，想想：要坐下來三至四個小時，心無雜念，專注地把一張白紙變成大千世界，絕對是嚴格行為。最後，繪畫是心靈的滋潤和療癒；香港是物質富裕的社會，但是，香港人心靈空虛，在利慾每天薰心下，能夠離開現實，走進一個只有美和情感的領土，多麼舒暢！我有一個學生，心愛的小狗走了，她把悲痛的心情融掉在一幅懷念牠的畫作上，我從顏色中看到她的眼淚，她從眼淚中獲得釋放。」

　　我同意：「還有，繪畫可同時做 Gym！許多人以為它只是低頭的活動，錯！繪畫可以是考驗體力的鍛煉，想想：經常要站着，還要吊着手腕，行近走遠，以不同角度去考慮構圖和用色，當面對大面積的畫作時，在摺梯中爬高落低，可不是玩的。」

　　Ray 大笑：「如果是戶外壁畫，運動量更大。」

　　我問：「超過三十歲，又沒有天份，只是為了興趣，可以學畫嗎？」Ray 睜大眼睛：「興趣最重要。如獲得滿足，就算畫得

不好，別人見笑，那又怎樣？而且，能力可以培養：畫可以粗分
『概念派』和『寫實派』，如玩概念派，筆功未算好，別人不會
向你開槍的；至於寫實派，我們有『方法論』的，只需勤力用功，
跟足這些方法，要達到可接受水平，也不是沒有可能。我看過有
些具潛質的，可是沒有用心；有些達到基本水平後，卻懶於思考，
結果他們比本來沒有天份的更墮後。所以，繪畫不用『人比人』，
作為嗜好看待，便足夠喜樂下輩子。」

我好奇：「繪畫，其實學些甚麼？」Ray 説：「繪畫的人，
可以粗分『抽象風』和『寫實風』，但是，任何『風』之前，要
掌握三件事：顏色、工具和內容結構。對大部份初學者來說，終
於看到在這世界上，原來『顏色』不是狹窄有限，大自然其實蘊
藏着萬千色彩，叫人開心得拍掌。」

我問：「當美術老師，有甚麼感受？」Ray 想想：「由於我
的學生多是成年人，他們有不同背景和原因學習繪畫，主要是為
了興趣和『療傷』。但是，我發覺兩件事情很特別：習畫學生，
以女性居多，第二，許多是為了完成一幅畫作，送給最愛的親友
或戀人。上堂時，我常常變了學生的『聆聽者』，他們把感人的
故事，送到我的耳朵；我教學生繪畫，他們卻成為我的生命導師。」

我又發功：「學生喜歡畫甚麼題材？」Ray 嘿嘿而笑：「甚
麼都有，但是，很少畫黑暗的藝術題材，例如死亡或血腥。不過，
大部份都喜歡畫細小面積的，但是，我鼓勵有意把繪畫變成為職
業的，要不怕艱難，試試繪畫『大畫』，因市場例如酒店、辦公
大樓等，都喜歡巨型作品。」

我開玩笑：「有沒有女學生追求你這帥哥？」Ray 反應敏捷：

「這些事情,發生在健身教練多一點吧,繪畫要非常專注的。」

我問 Ray:「一面創作畫品,一面當老師,會不會分心?」他搖頭:「當然,開班授課,自己創作的時間少了,但是,教導學生,是輔助別人;自己創作,是追求藝術的滿足。這過程包含個人精神境界的提升,例如,我開始思考生命的意義,又或是創作探索的過程,所以我便研究自己不懂的『裝置藝術』(installation art);不過,開班給了我收入,在不愁基本生活開支下,不用計計較較一幅畫可以賣多少錢,我反而有更大的空間去創作。作為畫家,能在畫廊或拍賣『發達』的,是極少數;而且,愈渴求賺錢,錢走得愈遠,名和利,也是這樣。」

我手臂交叉,在思索:「香港人在乎藝術嗎?」Ray 答:「我們不用自卑,香港的環境真的不差。因為香港是富裕社會,某些人在滿足了物質需求後,便追求靈魂的更高層次,他們花得起錢去學繪畫、買畫。香港許多的畫展是免費的,拍賣會又多,要開眼界,並不困難。但是,香港在這方面,卻有兩大死結:我們的學校教育並不注重文化和藝術的培養,在別的國家,小學生在指定課堂,要去美術館參觀,甚至坐地臨摹展品。但是,香港的家長很物質,週末放假,只是帶孩子去飲茶和購物,沒有和他們去圖書館或博物館。第二,香港地方小,居住環境非常狹窄,放東西的地方都不夠,哪有地方掛畫,於是,畫變成了『奢侈品』。」

最後,我八卦:「有沒有有趣的故事?」Ray 認真的:「奇怪,為何學畫的人,多是女性?但是成為藝術家的,又多是男性?到底是一個甚麼的性別問題?」

提到有趣事情,我突然想起一個「畫公仔」的繪畫回憶,凡

是中年的，應該怡然回味：我們幾歲的時候，香港流行一種小朋友的玩意，它可以是從文具店買回來的一張現成的「公仔加衣服」硬紙，或是自己製作和上色：紙板「公仔人偶」會有爸爸、媽媽、孩子等，然後，根據每個人的身材尺碼，我們為紙人繪出漂亮的衣服，配合不同場合穿着。畫好衣服後，便在肩膊和腰部向外畫上四條方形的「扣」，接着，剪出衣服和把紙扣內摺，便可以掛在紙板公仔的身上。那時候，我一個晚上可以在床上畫出十多套時裝，然後，口中唸唸有詞，帶公仔去玩耍，每一個枕頭代表一處地方，例如坐飛機、旅行、飛上太空等，在不同的場所為他們更換衣服。弟妹們也來湊熱鬧，拿出他們的「公仔」和衣服，看看誰設計的衣服漂亮；同時，我們也為「公仔」配音呢，讓它們互相鬥嘴。這種紙公仔玩意，發揮出無限的故事創意，成為兒時的可愛回憶。

　　小時候玩過的玩意，會記得一輩子。也許，人的一輩子，也只是一個難忘的玩意。

# 曾令敏：戲遊子

　　人不能自大。地球沒有你，依舊自轉，每分每秒，席不暇暖，又出了一個少年英雄。

　　有一位香港女孩叫曾令敏（Lilian），「草食男」喜歡的淑女，擁有高學歷，英語說得比很多英國人還標準，為了演戲的熱情，立下決心，在倫敦劇場掙扎求存。有些年輕人活得像浮泥、有些是勁草。Lilian 家人在香港，支持女兒一個人在外面闖，但是「遠水不能救近火」，Lilian 在倫敦，困難是人生的胃痛。

　　Lilian 在聖士提反女子中學念至中二，轉去國際學校 Island School，中學畢業後，飛往倫敦大學 Royal Holloway 學院念戲劇學士，2012 至 13 年，在伯明翰 Royal Birmingham Conservatoire 念演技，取得碩士學位。我誠心說：「令敏，『古來征戰幾人回』，如果一面演戲、一面兼讀演戲博士學位，將來真的鳥倦知還，可以飛回香港轉跑道，因為演藝教育界的博士目前不多！」

　　Lilian 笑着：「2013 年，離開大學，我在英國劇場打滾數年，不算如意，但是只要找到基本生活費，為了理想，我甘願在倫敦堅持下去，因為在演員的生涯裏，往往只是等待一個機會。當然，中國人回到自己的地方，發展應較順暢，不過，香港是隨時可以回來的『家』，相反，中國人在異鄉尋夢，那是難得的人生階段，非到最後一刻，我不想放棄。為了應付生活開支，侍應、帶位員、售票員、後台工，我甚麼都願意幹。」

我問：「在外國當舞台演員，最辛苦是甚麼？」Lilian皺皺眉頭：「哼，那便是『試鏡』又『試鏡』，最後，一無所得，累的時候，氣喘不上。」我點頭：「很難受！」Lilian說：「從旺角去新蒲崗試鏡，不消半小時，英國地方大，來回往還，要請假才可以做到，加上他們的劇場演出多，試鏡機會自然多，但是，事前要多番準備、操唸劇本，在收入微薄下，還得花上交通費。當別人吃得好，我要習慣吃 pizza；當別人買手袋，我便買環保袋。當一次又一次落選，內心是刺痛的。」

Lilian的聲音溫柔委婉，非常吸引。她接着：「在香港，我是香港人；在英國，我被視為『East Asians』（東亞裔人），而給亞裔人演出的主流角色不多，要別人忘記我的皮膚顏色，並不容易。當然，許多角色有種族背景的限制，只好努力爭取『主流』以外的角色，小配角都可以。可惡的地方是角色明明是亞裔人，導演寧願找個白人演，也不找我們。有時候，角色是一個在英國生活多年的亞裔人，但是導演望着我：『你的口音太英國，可否假裝一下，不要那般標準！』我答：『亞裔人在劇中負責「攪笑」嗎？』他說：『不是，但是觀眾認為亞裔人不會說流利的英語。』為了取得工作，我吸了一口氣，好，就這樣吧。」

Lilian回想：「幸好我在倫敦的 roommates（同屋住）和我一樣，都是劇海浮沉的人，大家互相打氣，省住省吃省穿，追尋夢想。有一次，我看一齣話劇，主角是一個女作家，談到如何在行業中掙扎不屈，我們在台下大家對望，感同身受，女孩子們手拖手痛哭。」

我慨嘆：「世人生活在兩種世界：『器官世界』和『感官世界』。

器官世界的人吃、消化、拉掉，又一天；感官世界的人，喜怒哀樂才是食糧，靈性飽滿後，才甘於一天。前者，是燈泡，電力斷了，油盡燈枯；後者，是燃燒的蠟燭，蠟炬成灰，淚仍然未乾。我們藝術人，活在感官世界。」

Lilian 回應：「香港人融會貫通東西方的文明，我們對中外世界的理解，比其他地方的人透徹，這是香港人在藝術領域的優勢。」

我問：「面對某種的歧視，你如何應付？」Lilian 堅強地：「有些角色沒有固定的種族背景，我便說服導演，可否把主角設定是亞裔人，觀眾應會接受。另外，我開始和朋友組織小劇團，製作出品，為自己提供演出機會。」我感興趣：「有沒有難忘的

演出？」Lilian 興奮起來：「在 2018 年，我在 Kentish Town 的 fringe theatre 叫 Lion & Unicorn，演出一齣劇叫 *Borderline*（踩界），我扮演一個酗酒殺夫的老婆，當在觀眾面前毒罵老公 Victor 的時候，劇評人表揚我的演技，這樣寫着：『Lilian Tsang 的身體語言震撼，充滿自信，在數個時刻，她的眼神鎖着觀眾，使大家不安起來。』努力沒有白費，委實太高興！」

我問 Lilian：「香港和倫敦的劇場有何分別？」她遲疑：「我沒有在香港工作過，消息也是聽回來的。因為香港地方小，演出也少，是一個『小圈子』，演員不必用 agent（代理人）；在英國，如果年輕演員沒有 agent，最初到哪裏找關係？倫敦是全球演出中心，各路英雄都來尋夢想，美國和歐洲來的，還有亞洲、中東、南美背景的，是真正『打生打死』才拼到一個機會。但是當成功後，你便是『世界級』的演員！在香港，演員的英語水平不用達到頂級；但是，在倫敦，如果你的英語或英國文學水平不夠，會很痛苦，舉例來說，你收到一個維多利亞時期的劇本，如果對當時的社會一無所知，便很難達到要求！」

我再問：「英國和香港舞台演員的分別？」Lilian 淺笑：「有些人以為外國人的演技比較外揚、使勁，這是錯誤的。演技，反映一個人的性格，各如其貌；英國演員的表演方法，有含蓄、也有開放，不一而足。我想兩地演員都是被動的，等候某天電話響起，才有工作。在英國多年，我學會 go with flow（隨遇而安），我的日記裏，再沒有『timeline』（限期）這個字。」

我說：「你在倫敦吃苦多年，有沒有柴米油鹽可以和香港的年輕人分享？」Lilian 點頭：「一句話，便是『相信自己的興趣』，

因為你相信自己的興趣，才相信自己的能力，當別人批評後，你才有決心改善自己；也因為興趣，在失敗後，你很快抹乾淚水，再爬起來！」

我問：「你打算在倫敦停留多久？」Lilian 搖搖頭：「為了戲劇的信念，我在英國花了超過十年的光陰，從曼徹斯特搬去倫敦工作的時候，已立下決心，要做出一些成績，所以，我的 unfinished business，便是在倫敦做出理想。」

我接着問：「時間近嗎？都十年了？」她失笑：「倫敦的劇壇，以白種男人為主導，他們帶有強烈的精英心態，階級觀念裝作不強，實質很強，我不知道要掙扎到哪一天，才有成就，還是那句：『我是堅韌不屈的萍蓬，但會 go with flow ！』」

香港已經不是「穿膠花」的工業年代，可是，仍有一群天真的人，以為「外國的月亮特別圓」，這些天天吸食「電子奶嘴」的人，又不見得通過手機，等量齊觀，學懂真正國際視野。香港方方面面其實不太差，只是地方小、生活壓迫、房價瘋癲。可是這些人緣木求魚，以為外國會建設香港社會的未來。西方的政治遊戲永遠離不開三個原則：「沒有永遠的敵人，只有永遠的利益」、「大仁大義，是包裝『我國優先』的藉口」、「別國弱，我國便強」。

許多人把在外國工作和生活「浪漫化」，希望今次和曾令敏的談心，對於這些「天真派」，是一種 Ice Bucket Challenge（冰桶挑戰）的醒悟！

# 劉海欣：漫畫行

　　「馬仔」是女人，香港很紅的漫畫家，真名是劉海欣。剛去中環的三聯書店，想買她的作品，店員說：「都賣光了！」馬仔的「正職」是家庭主婦，有一子一女，女兒升上小學，她更忙，和她喝茶後，她說：「趕去超市了！」

　　馬仔年輕，不過作品形式是傳統的「方格漫畫」，沒有長篇故事，短短幾幅的生花妙筆，雋永地描繪倫理關係、人情世故。這類漫畫最難的地方是令讀者看罷數格，會說「很動人」、「很過癮」、「很可愛」。馬仔做到了，漫畫裏的主角，頭大身小、頑皮討喜、嘴巴挑剔月旦。

　　舉些漫畫的例子：惡媽媽責怪老公和女兒一天到晚玩手機，罵：「玩物喪志。」轉過頭來，她也被發現「換物喪志」，原來她躲在房間貼「印花」，忙去超市換禮物。另外一則：媽媽每天對家人叫哮，結果她找到如魚得水的工作，那便是當地鐵的月台助理，要分秒大叫「請擠入車廂」、「給乘客先下車」……近來，馬仔說：「終於體驗到教育子女的壓力！」她便畫了給小孩子學習成語的漫畫讀本。

　　馬仔從小喜愛畫東西，但爸爸說：「畫公仔搵唔到食！」於是入了香港理工大學，念紡織系。1990 年畢業，找到一份白領工作，辦公室沉悶，如白開水，她利用空檔，在便條紙畫漫畫，同事讚賞有嘉，當時流行電腦寫 blog，她做了「博客」，誰料到反

應奇佳。

2004 年至 2005 年，馬仔正值轉工的空檔，她專心留在家，全職投入漫畫，設計當時流行的簡單電腦遊戲叫「flash game」（快閃遊戲），我還記得馬仔有一個遊戲叫《香港茶餐廳》，遊戲只有兩個煮食爐頭，卻要為眾多顧客煎香腸和雞蛋，有趣好玩。這種 flash game，為她帶來收入，無意栽花，馬仔於是轉了行。

2007 年，博益出版集團找馬仔出了兩本漫畫書，風靡一時；後來，她過檔天地圖書，跟着結婚「一盅」、子女「兩件」，還有無數受歡迎的作品。馬仔，成了香港近年具影響力的流行漫畫家，作品動人、溫馨、幽默。

問馬仔會否迎合市場，寫些長篇故事，可以拍電視或電影，她淡淡然：「應該不會，那不是我所長。」再問她會不會多點曝光，她莞爾：「更不會，那不是我所想。」馬仔的人生大事，便是好好地照顧一個家。她解釋：「如我要和外面的世界觸碰，可以通過我的漫畫，例如最近冠狀病毒肆虐香港，我便畫一些戴上口罩的漫畫 emoji（手機表符），給大家打打氣。我和大眾的『社交距離』，反而成為觀察他們的一條橋。」

我瞪大眼睛：「你的成功，沒有刻意計劃？」馬仔聳聳肩：「不是說我對『成功』沒有努力，也不是說我對『商業』抗拒，我的想法是『平常心，把事情平常處理』。人，不必計劃太多，當機會來了，好好抓緊；當機會不出現，隨遇、隨緣、隨安。我的過去主打是出版漫畫書；最近，我也跟大隊，擴闊網路市場，人家說 Patreon 這平台可以吸引讀者，增加收入，我去試試。沒有刻意的 yes 或 no，是最快樂的生活方式。」

　　我問：「你是怎樣創作的？」馬仔答：「靈感未必是虛無飄渺的，我有一本筆記簿跟在身旁，當遇到生活的有趣片段，自己的、別人的，便寫下來；工作時，把資料整理，成為故事。我這巨蟹座是一種敏感的生物，但在任何境遇中都能安然若素。」

　　我也是創作人，想起其他同行創作靈感的來源，大概還有其他五種，說明一下，希望協助到年輕新進：最常見的，先參考別人同類的作品，尋找新靈感，但要小心，不可變成抄襲。第二類人喜歡「集體創作」，廣告界最普遍，一群人走在一起，互相鞭動思維。第三種是自己躲在一處陌生的地方，例如飛去三亞，訂一間酒店房間，把自己關起來，靈感就會突如其來。第四種是從自己的生活體驗出發，寫自己的故事和經歷。第五種是先設計一條公式，然後想些內容去填滿公式，電視台最多這類運作。極可

怕的是利用胡亂思想去突破，例如酗酒或吸毒。更多人是「是旦男」，當限期到來，隨便找些老掉大牙的伎倆來過關。

我和馬仔開玩笑：「你為何用了一個男人筆名？」她笑：「我的英文名字叫 Maggie（瑪姬），打工時，同事暱稱『馬仔』，就這樣用上了。」

我八卦：「你的創作思維？」馬仔說：「 我對生老病死的人生是悲觀的，就是因為悲觀，所以我想和讀者一起苦中作樂。例如最近的冠狀病毒疫情，很多人去超市搶米，當我看到有位家庭主婦搶到一大包米，驕傲地排隊付錢，旁邊的人『艷羨』地盯着，我『咳』聲笑出來。以幽默的角度看生活，生活才變得好玩。」

我問：「你的生活哲學呢？」馬仔說：「有家庭、有收入、有喜歡的工作，其他我都不想，因為我已經太幸運。」

眼前的馬仔，優雅嫻靜，像斑芝樹飄下的棉絮。我換個話題：「你打算改變繪畫的風格？」馬仔思索：「 有想過，但是未知道如何搞搞新意思，創作人，始終好奇想去嘗試新東西。我現在是用電腦繪畫的，如果有時間，繪一些『3D』畫也不錯，可惜家庭主婦總是忙忙忙。」

我說：「有些漫畫家把作品變成生活產品，如玩具、文具等等，你會進軍這些？」馬仔帶笑：「沒有，還是那句『家庭最重要，我享受生活多於成就』，現在參加漫畫的宣傳活動，當然可以應付自如，但是，不能說是享受。」我失笑：「我也是，每次我要上台參加活動，都會早一天胸悶和失眠的，我享受面對面聊天，害怕上台的壓力。」馬仔接着：「無壓的生活是最舒服的，我常常告訴自己：『生活最可怕的事情，是任何可怕的事情都會發生。』

所以，我要讓任何事情變成快樂，例如遇到一碟美食，便覺得活得不錯，開心半天。」

我問馬仔：「年輕人想入漫畫這行，你有甚麼意見？」她嚴肅起來：「如漫畫是你真正喜歡的工作，『愛做就做』，不用太多盤算、太多計較，有沒有人找你？有沒有酬勞？都不要理會，『見步行步』，主動把自己的作品，放到不同網上平台，只要你有才華，終會有一天，伯樂會找上門。」

我笑：「你對自己的工作還有期盼嗎？」馬仔發自內心：「我的長期『粉絲』許多變了媽媽、有了小孩子，我希望她們會繼續支持，她們的孩子也會看我的漫畫，而我的作品，為他們帶來溫情和微笑。」

漫畫，是我們成長的最重要回憶。每次和朋友談起漫畫，總是七嘴八舌：Mickey Mouse、Superman、 Spider-Man、財叔、老夫子、十三點、牛仔、叮噹、蠟筆小新、Hello Kitty、中華英雄、古惑仔、麥兜……太多太多名字，像澎湃的巨浪，捲着一大堆漫畫人物到岸邊，手牽手拖我們回家，回到小時候的家。漫畫書懶洋洋地躺在地上、享受陽光，享受我們手指每頁的為它們按摩，享受被主人擁抱在襟懷時的溫柔。

www.cosmosbooks.com.hk

書　　名　佬文青：枉少年
作　　者　李偉民
責任編輯　王穎嫻
封面設計　Johnny Chan
美術編輯　郭志民
出　　版　天地圖書有限公司
　　　　　香港黃竹坑道46號新興工業大廈11樓（總寫字樓）
　　　　　電話：2528 3671　傳真：2865 2609
　　　　　香港灣仔莊士敦道30號地庫（門市部）
　　　　　電話：2865 0708　傳真：2861 1541
印　　刷　亨泰印刷有限公司
　　　　　柴灣利眾街27號德景工業大廈10字樓
　　　　　電話：2896 3687　傳真：2558 1902
發　　行　香港聯合書刊物流有限公司
　　　　　香港新界荃灣德士古道220-248號荃灣工業中心16樓
　　　　　電話：2150 2100　傳真：2407 3062
出版日期　2021年7月／初版